COLLECTION
Sous la direction

NOUVELLES À CHUTE

Recueil

Présentation
Philippe Mottet

ÉDITIONS DU RENOUVEAU PÉDAGOGIQUE INC.

5757, RUE CYPIHOT, SAINT-LAURENT (QUÉBEC) H4S 1R3
TÉLÉPHONE: (514) 334-2690   TÉLÉCOPIEUR: (514) 334-4720
erpidlm@erpi.com   www.erpi.com

Développement de produits
Pierre Desautels

Supervision éditoriale
Bérengère Roudil

**Révision linguistique
et correction d'épreuves**
Bérengère Roudil

Demande de droits
Émilie Laurin-Dansereau

Direction artistique
Hélène Cousineau

Coordination de la production
Martin Tremblay

Conception graphique
Martin Tremblay

Édition électronique
Éditflex inc.

Illustration de la couverture
Martin Tremblay

Pour la protection des forêts,
cet ouvrage a été imprimé sur
du papier recyclé

- contenant 100 % de fibres
  postconsommation ;
- certifié Éco-Logo ;
- traité selon un procédé
  sans chlore ;
- certifié FSC ;
- fabriqué à partir d'énergie
  biogaz.

Dépôt légal :
Bibliothèque et Archives nationales du Québec, 2008
Bibliothèque nationale et Archives Canada, 2008
Imprimé au Canada

ISBN 978-2-7613-2743-5

1234567890 AGMV 12 11 10 09 08
20523 ABCD   ENV12

Table des matières

La nouvelle à chute

> *Attends-moi, ti-gars,*
> *Tu vas tomber si je suis pas là.*
> *Le plaisir de l'un*
> *C'est de voir l'autre se casser le cou.*
> Félix Leclerc

D'où vient le plaisir que procure la chute d'une nouvelle ? De la satisfaction de voir un personnage se faire berner ou tomber en déconfiture ? De la joie étrange qui consiste à *se faire avoir* soi-même ?

Pour un grand nombre de lecteurs, le saisissement final caractéristique de quantité de nouvelles constitue sa spécificité, sa composante essentielle. Il suffit de lire quelques textes brefs d'Edgar Allan Poe, de Guy de Maupassant, de Marguerite Yourcenar ou de Jorge Luis Borges pour se rendre compte qu'en effet le plaisir de la nouvelle s'accompagne souvent de celui de la chute ou de son anticipation. Est-ce dire qu'il en a toujours été ainsi depuis l'apparition de la *novella*, avec le *Décaméron* de Boccace, dans l'Italie du milieu du XIVe siècle ? Oui et non, dans la mesure où l'on a mis sous cette appellation de « nouvelle », au fil des siècles, des textes qui sont de véritables romans (voyez les *Nouvelles exemplaires* de Cervantès, qui comptent plusieurs centaines de pages) et d'autres qui s'apparentent à la simple blague portée à l'écrit. Au début du XXe siècle, par exemple, le Français Félix Fénéon popularisait le genre de la nouvelle en trois lignes (mais *nouvelle* prise aussi au sens d'« information journalistique »), souvent agrémentée d'une chute :

> *Derrière un cercueil, Mangin, de Verdun, cheminait. Il*
> *n'atteignit pas, ce jour-là, le cimetière. La mort le sur-*
> *prit en route.*

Pour parler franchement, la nouvelle d'hier et d'aujourd'hui ne présente pas toujours une chute. Une partie seulement de la production mondiale actuelle concentre son action sur l'effet de surprise final. Il existe aussi des nouvelles qui offrent des tranches de vie, des monologues intérieurs, des petits récits sans coup d'éclat. Une nouvelle peut en outre comporter une chute sans que ce soit là son unique qualité. Ainsi, on ne peut partager le monde entre nouvelles à chute et nouvelles pas à chute, comme il existe des Papous papas à poux et des Papous papas pas à poux.

Cependant, on a parfois tendance, à l'époque moderne, à ne pas vouloir tenir compte de la chute, quand il y en a une, tant elle passe aux yeux de plusieurs comme un gadget purement «technique». Ainsi, le critique Michel Lord estime que, pour sa part :

> *La notion de «chute» semble une fonction surévaluée*
> *quand on en fait une composante essentielle à la défi-*
> *nition du genre narratif bref, car cette caractéristique ne*
> *convient qu'à un certain nombre de nouvelles, et elle*
> *explique somme toute peu de chose, si ce n'est que la*
> *technique visé à surprendre le lecteur, un lecteur qui,*
> *d'ordinaire, en a vu d'autres[1].*

Quoique souvent snobée, voire rejetée comme une recette facile, la nouvelle avec chute offre pourtant un défi renouvelé au même titre que le roman policier, car c'est une forme à laquelle on peut faire subir mille variations. Qui songerait à reprocher à Agatha Christie d'avoir trop fait usage des codes du polar : crime mystérieux, indices rares, fausses pistes et, tout au bout de l'enquête, le meurtrier épinglé ? Non, en vérité, dans l'univers de la nouvelle, la chute persiste… et signe la fin de nombreux textes brefs. Pour notre plus grand plaisir.

---

1. Michel Lord et André Carpentier (dir.), *La nouvelle québécoise au XXᵉ siècle : De la tradition à l'innovation*, Québec, Nuit blanche, 1997, p. 111.

Avant-propos

Définitions de la chute

Les commentateurs de toutes origines se sont longtemps entendus sur l'importance particulière de la clausule dans la nouvelle. Pour Victor Chklovski, le texte bref se définit par sa brièveté qui suppose une lecture continue, par la présence d'un seul fil narratif et par sa construction en vue d'une fin forte[1]. Edgar Allan Poe, quant à lui, déduisait de sa vaste expérience d'écriture de *short stories* que l'écrivain habile n'organise son récit qu'« après avoir soigneusement conçu le type d'effet unique à produire [...] Si sa toute première phrase ne tend pas à amener cet effet, c'est qu'alors, dès le tout premier pas, il a fait un faux pas[2]. » Il définissait par ailleurs l'effet de la chute comme un coup de fouet final (*whipcrack ending*) donné à l'esprit du lecteur.

C'est également le point de vue d'un nouvelliste québécois important, Gaëtan Brulotte, qui confesse qu'au moment d'écrire,

> *c'est comme s'il était plus difficile de commencer une nouvelle sans connaître le point d'arrivée. La fin est alors le début de tout, si je puis dire. Elle détermine le reste : [...] chaque élément se relie à son avenir, à ce qui se trouve après, bref, à la conclusion. Tout au long de la lecture, on enregistre des informations qui donnent des indices sur la fin[3] [...]*

1. Victor Chklovski, « La construction de la nouvelle et du roman », *Théorie de la littérature*, textes des formalistes russes réunis, présentés et traduits par Tzvetan Todorov, Seuil, 1966, p. 170-196.

2. Edgar Allan Poe, « L'art du conte, Nathaniel Hawthorne », dans *Contes, essais, poèmes*, Robert Laffont, coll. « Bouquins », 1989, p. 1002-1003.

3. Gaëtan Brulotte, « En commençant par la fin », dans Agnès Whitfield et Jacques Cotnam (dir.), *La nouvelle : Écriture(s) et lecture(s)*, Toronto/Montréal, Éditions du GREF/XYZ, coll. « Dont actes », n° 10, 1993, p. 98.

Dans cette perspective, la nouvelle se fonde sur la convergence d'indices et de l'attention conduisant à une fin choc. Elle présuppose deux activités complémentaires : d'une part, l'auteur assujettit son texte et le choix des mots à la conclusion ; d'autre part, le lecteur essaie de déceler ce qui se trame à son insu dans le texte qu'on lui donne à lire, afin de prévoir le piège et de ne pas tomber dedans.

Mais, dans ce jeu à deux, le lecteur se trouve désavantagé puisque très souvent « la nouvelle se fonde sur une absence fondamentale, celle d'une cause initiale, d'un secret. [...] Le nouvelliste prend le parti de ne pas tout raconter et de ménager des zones d'ombre[1]. » La nouvelle fait donc appel à toute la concentration du lecteur, qui doit parfois se transformer en enquêteur, comme dans le roman policier. Cependant, il n'a pas la tâche facile, précisément à cause de ce secret essentiel, comme de son caractère elliptique : habituellement, le lecteur n'a pas accès à la totalité des renseignements sur le personnage ou sur l'action qui lui permettraient de prévenir la chute. En outre, la narration, pour faire diversion, attire volontiers l'attention sur des éléments qui ne sont pas, en bout de ligne, si déterminants qu'ils le paraissent (c'est ce que Michel Lord a appelé « le discours paralogique »).

Seule une relecture, ou à tout le moins une rétrolecture (c'est-à-dire une réflexion rétrospective au terme de la lecture), pourra permettre de relier les indices qui *auraient dû* susciter la méfiance. L'on pourra du coup remonter jusqu'au titre, lequel peut prendre alors un tout nouveau sens.

Nouvelle et poésie

Ainsi, la nouvelle à chute opte pour une stratégie de camouflage et de dévoilement qui ne va pas sans rappeler l'art de la poésie symboliste. On se rappellera par exemple l'archi-

---

1. Franck Évrard, *La nouvelle*, Seuil, coll. « Mémo », 1997, p. 49-50.

célèbre *Dormeur du val* de Rimbaud : quels sont les indices textuels, mots connotés, objets symboliques faisant partie du tranquille paysage bucolique qui annoncent la révélation finale, soit que le soldat qui paraît faire la sieste est, en réalité, mort ? Discours subliminal, si l'on veut, où seul l'inconscient, peut-être, est assez costaud pour anticiper ce qui va surgir, là, sous les yeux, comme un diable d'une boîte. De même, on peut citer un autre poème très connu, celui de Victor Hugo qui commence par les mots « Demain dès l'aube ». Dans ce cas-ci, cependant, rien ne laisse présager la fin, brutale, car le poète-locuteur n'a pu semer des indices : la femme dont il va fleurir la tombe (Léopoldine, sa fille noyée) n'est pour ainsi dire pas morte dans son cœur. Où l'on peut voir que le point de vue du locuteur personnage principal importe grandement sur la perception du lecteur. (Nous y reviendrons un peu plus loin.)

Le rapprochement avec la poésie n'est pas fortuit. On a déjà fait remarquer l'analogie entre ces deux genres où chaque mot est choisi et compte. L'art du sonnet comporte en outre une composante finale que l'on nomme la « pointe », qui fonctionne comme révélateur des ressorts du texte qu'elle clôt, résout et couronne. La pointe joue donc dans le sonnet un rôle à la fois structurant et dynamique. Ainsi en va-t-il de la chute dans la plupart des nouvelles qu'on va lire.

Une lecture attentive

Quelques éléments d'analyse peuvent pourtant mettre la puce à l'oreille de l'amateur de nouvelles.

Pour Florence Goyet, la chute (qu'elle préfère nommer « pointe ») « n'est rien d'autre que la traduction de la tension antithétique[1] ». Car la définition qu'elle donne de la *nouvelle classique* (par là, elle désigne l'ensemble des nouvelles écrites entre 1870

---

1. Florence Goyet, *La nouvelle 1870-1925 : Description d'un genre à son apogée*, Paris, PUF, coll. « Écriture », 1993, p. 49.

et 1925, âge d'or de la nouvelle en Occident, qui comportent très souvent une chute), repose sur la présence dans le texte d'une tension entre des pôles opposés : ce peut être deux personnages, deux attitudes contradictoires chez un même individu, deux forces, quelles qu'elles soient, qui font entrer le lecteur dans un état d'inquiétude, de malaise. Pour Goyet, donc, c'est la structure qui prévaut dans une nouvelle, et la chute constitue la résolution ou l'exacerbation de cette tension. C'est le cas de plusieurs nouvelles contenues dans ce recueil. On pourra en conséquence se poser la question suivante, lors de la lecture ou ensuite : Sur quoi repose la tension de la nouvelle ? Quelles sont les forces antagonistes en présence ?

Le lecteur attentif examinera encore les choix de narration qui président à l'écriture de la nouvelle. Faisons ici remarquer que l'unité propre à la nouvelle, chère à Poe, prévaut également à cet égard : il est assez rare en effet que l'instance narrative (et même la focalisation) se modifie en cours de route.

Selon qu'on a affaire à un narrateur externe et omniscient ou à un narrateur-sujet (comme c'est souvent le cas dans la nouvelle à chute), la surprise finale ne viendra pas du même côté. Comme on le sait, le narrateur omniscient ne se gêne pas pour imiter Dieu. Dans la nouvelle, son plaisir, qu'il fait partager au lecteur, consiste à observer un personnage qui trébuche ou verse dans l'abîme. À l'opposé, le narrateur-sujet va plutôt rendre compte de son expérience et, parfois, découvrir que le secret ou la clef du problème se terrait en lui-même...

Une taie sur l'œil

Quoi qu'il en soit de la narration et de la tendance à dissimuler à laquelle certains cèdent, bien des nouvellistes (on dit aussi « nouvellier », « nouvellière ») prennent un malin plaisir à mettre l'accent sur l'inconscient, apanage de la bête humaine. Au-delà du jeu qui les oppose et les unit, l'auteur et son lecteur partagent en effet une commune fascination pour ce qui échappe à la rationalité et à la claire conscience. L'identification au protagoniste, ou le simple fait d'être en sa compagnie, permet ainsi au lecteur de vivre une expérience de la réalité de l'inconscient.

C'est pourquoi le lecteur avance fréquemment dans sa lecture avec l'impression d'évoluer dans la pénombre. Ou alors, puisque les mystères vraiment malins se cachent dans la lumière (comme l'écrivait Jean Giono), sans savoir qu'il avance en étant, pour ainsi dire, frappé de cécité. Dans certains cas, en effet, le lecteur de nouvelles à chute se retrouve en quelque sorte dans la position d'Œdipe, tout entier voué à la tâche de faire la lumière sur quelque aventure qui lui échappera jusqu'à la toute fin. La nouvelle enseigne que toujours quelque chose échappe à notre conscience, à notre attention, alors même que nous croyons tout maîtriser. Nous progressons comme avec une taie sur l'œil, aveugles à des degrés divers.

Pour l'exprimer autrement : tout se passe, dans plusieurs nouvelles, comme si l'on contemplait le détail d'une peinture, le fragment d'un tout. Il manque alors au lecteur – et au personnage principal – le recul ou la vision périphérique qui lui permettrait d'anticiper la chute. Mais parfois aussi, il faut bien le dire, il est proprement impossible de voir venir quoi que ce soit, le bouleversement final n'étant pas toujours la conséquence logique de ce qui précède.

Typologie

La grande variété des chutes nous permet-elle d'en établir une typologie ? Si l'on se penche sur les textes du recueil, choisis pour illustrer cette diversité, il semble que certaines récurrences se révèlent peu à peu. Sans prétendre à l'exhaustivité, nous indiquons ici quelques tendances.

— *Le retour à la case départ.* La nouvelle qui ramène son protagoniste – et le lecteur – à la situation initiale crée un sentiment de déception inattendu, alors même qu'on croyait à une forme de progrès. Ce retour peut indiquer une sorte d'éternel retour, c'est-à-dire une impossibilité à s'extraire de la répétition inexorable de la même donne. On dira alors que la boucle est bouclée. S'ajoute pourtant à cette occasion un accroissement de la conscience : à tout le moins, on acquiert la certitude que rien ne peut ou ne pourra être changé. La nouvelle « Avancez par en arrière » de ce recueil en constitue un bel exemple.

— *L'arroseur arrosé*. Ou tel est pris qui croyait prendre. Il arrive en effet que l'entreprise, l'attitude ou le jugement du personnage central se retourne contre lui au moment où il s'y attend le moins. « Les aurores montréales » en offrent une belle illustration.

— *L'aporie fantastique*. Le texte bref de type fantastique conduit à une situation inextricable, à une impasse, à une indécidabilité. Le divorce est alors consommé dans l'esprit rationnel qui ne trouve aucune manière de s'expliquer la situation finale de la nouvelle. C'est le cas ici avec « Filature ».

— *Le coup du faucon*. Cette expression est tirée d'une nouvelle du *Décaméron* (1350) de Boccace, dont voici le résumé. Un gentilhomme, qui s'est ruiné en présents pour une veuve du voisinage qu'il convoite depuis longtemps, la voit enfin un jour solliciter un rendez-vous, pour elle-même et pour son fils malade. Pour les recevoir décemment à dîner, il fait prestement cuire la seule chose qui lui reste et qui est tout ce à quoi il tient : son faucon. À la fin du repas, la veuve, révélant le motif de sa visite, supplie le gentilhomme de bien vouloir donner son magnifique oiseau à son fils mourant, seule joie qu'il peut envisager. Elle lui en témoignerait une reconnaissance éternelle. Ici, la chute, loin d'apporter la consolation, démultiplie le sentiment d'infortune et rend ce qui paraissait enfin possible, impossible à jamais. On en a un exemple avec « Paris-Montréal ».

— *L'identité insoupçonnable*. Certains textes réservent pour la toute fin une surprise de taille en ce qui a trait à la personnalité du narrateur-sujet ou d'un personnage important. Du coup, tout le texte s'éclaire d'un nouveau jour, comme dans « La voix secrète ».

— *L'apparition d'un nouvel ordre de réalité.* Un truc classique : le rêve. Exercice parfois très bien mené, comme dans une nouvelle de Julio Cortázar, « La nuit face au ciel[1] », mettant en scène un motocycliste qui a un grave accident de la route. À l'hôpital, sous l'effet des médicaments, l'homme délire : il rêve que des Aztèques le pourchassent pour le sacrifier à leur dieu. Il émerge de son rêve et y replonge périodiquement. À la fin, il comprend que le rêve, c'est l'accident de moto et qu'on s'apprête en réalité à lui ouvrir la poitrine sur un autel sacrificiel. « Prochaine sortie à droite » offre une illustration de ce type de chute.

— *L'épiphanie.* Certaines clausules se caractérisent par ce qu'on pourrait appeler un moment de grâce ou d'éclaircissement de la conscience. Il ne s'agirait pas à proprement parler de chute mais, au contraire, d'élévation inattendue, d'accès à un degré de conscience plus élevé. La fin de « La rue » peut sans doute être interprétée comme une épiphanie ou comme l'apparition d'un nouvel ordre de réalité. Au lecteur d'en débattre…

Enfin, l'on pourra également distinguer les nouvelles dont la fin est fermée de celles dont la fin s'ouvre sur une perspective dépassant le texte. La clausule fermée donne l'impression que tout est dit avec le dernier mot, que « le fin mot » de l'histoire est donné. Une sanction est apparue, un verdict est tombé. Peut-être le personnage a-t-il poussé son dernier souffle, peut-être la fin renvoie-t-elle aux premiers mots du texte, à son titre. À l'inverse, la nouvelle ouverte laisse le lecteur sur un sentiment d'incomplétude. Soit la fin est « suspensive », l'auteur s'étant refusé à conclure ; soit la fin est « projective », contraignant le lecteur à imaginer la suite à partir des possibilités offertes par le texte.

---

1. Julio Cortázar, « La nuit face au ciel », dans *Les armes secrètes*, Paris, Gallimard, Folio, 1973, p. 13-26.

Quelques mots sur la nouvelle au Québec

Il fut un temps où la parution d'un recueil de nouvelles constituait un événement rare dans la Belle Province. En 1950, par exemple, année de la sortie du *Torrent* d'Anne Hébert, seuls cinq recueils paraissent. En 1958, *Avec ou sans amour* de Claire Martin (laquelle, cinquante ans plus tard, poursuit toujours son œuvre !), constitue l'unique publication, exception qui confirme le manque d'intérêt pour ce genre au Québec. Dans les années qui vont de 1960 à 1980, la production commence à s'accroître, mais c'est surtout dans la période post-référendaire que l'activité de la nouvelle adopte un rythme singulièrement vif et régulier. Plusieurs événements ont présidé à cet emballement soudain.

D'abord, Simone Bussières institua, en 1981, un prix récompensant annuellement le meilleur recueil de nouvelles québécois : le prix Adrienne-Choquette, ainsi nommé en hommage à une nouvelliste du milieu du siècle. En marge de nombreux concours de nouvelles créés dans différents contextes paraît, en 1985, le premier numéro de *XYZ. La revue de la nouvelle*, périodique montréalais qui tient toujours le cap en 2008. XYZ publiera également des recueils de nouvelles à partir de 1990. La création à Québec de la maison d'édition L'instant même semble avoir été déterminante, comme l'atteste la généreuse contribution de cette maison à notre recueil. Ses dix premières années d'existence auront été vouées à la publication exclusive de nouvelles. À l'heure actuelle, plus de cent vingt recueils de nouvelles ont paru à L'instant même.

L'engouement pour la nouvelle fantastique est très net dans les années 1980, avec une influence prédominante des auteurs sud-américains (Jorge Luis Borges, Julio Cortázar, Gabriel García Márquez). Parmi les auteurs du recueil, on pourrait identifier à cette mouvance Bertrand Bergeron, Gilles Pellerin, Jean-Paul Beaumier. Depuis le milieu des années 1990, on assiste cependant à une grande diversification des styles.

Plusieurs auteurs, telles Monique Proulx et Christiane Frenette, ont remis à l'honneur un certain réalisme ; d'autres, comme Suzanne Myre, ont poussé jusqu'à l'autofiction.

Actuellement, la nouvelle au Québec connaît une période faste. Chaque année apporte son lot de nouveaux recueils : entre quarante et cinquante en moyenne, parfois soixante. Contrairement au préjugé qui a longtemps eu cours, la nouvelle n'est pas un genre négligeable, un banc d'essai pour romanciers en manque d'inspiration. Elle a une identité, une place entière. Avec ou sans chute, elle fait maintenant partie des habitudes de lecture d'un nombre croissant de Québécois.

FILATURE

Il est tard, toutes les bouteilles sont vides, on n'est plus que six autour de la table. Quelqu'un raconte que depuis une semaine il lui est arrivé trois ou quatre fois de recevoir un coup de téléphone en fin de soirée. Et chaque fois, personne à l'autre bout du fil.

La conversation, à peu près éteinte il y a deux minutes, est relancée. À chacun de nous six il est arrivé semblable mésaventure ces derniers temps. Géraldine elle, c'est des téléphones obscènes et ça la rend malade. Charles aussi en a reçu et il dit qu'il leur casserait la gueule à cette engeance de maniaques, mais tout le monde comprend que c'est sa manière à lui d'avoir peur.

Il y a pire : on a frappé à la porte de chez Nicole alors qu'elle venait juste de rentrer (Nicole elle ferme les bars, mais elle dit que merde c'est pas une raison). T'as pas appelé les flics ? que je lui dis. Tu les appelles toi les flics quand t'entends des bruits suspects sur ton palier ? Évidemment non. Et Nicole en plus elle peut pas les sentir les poulets.

Et il y a le grand blond dont j'oublie toujours le nom qui ajoute qu'à lui aussi c'est arrivé : en pleine nuit on frappe chez lui, il demande qui est là et ça ne répond pas. Il regarde par le judas de la porte. Rien. Ou bien le visiteur nocturne est reparti ou bien il s'est placé de façon à se soustraire au regard. Lui non plus n'a pas appelé la police. Le temps qu'elle rapplique, le rôdeur a cent fois le temps de sacrer le camp.

La même chose est arrivée à plein de monde qu'il connaît. Une véritable épidémie. Et toujours le soir ou la nuit. Géraldine trouve que le jour ou la nuit qu'est-ce que ça change ? Charles est d'avis qu'il ne faut pas ouvrir aux inconnus. Avec toutes les histoires qu'on entend conter aujourd'hui, on sait jamais ce qui peut arriver. Mais tu pourrais leur casser la gueule à cette engeance de maniaques, non? que lui fait Nicole. Très drôle.

Je décide de rentrer.

Comme il fait froid, je marche vite et plutôt que de rester sur la grande rue (où à cette heure je risque de rencontrer plein de saoulons, et ce soir j'ai vraiment pas envie) et de tourner à l'église, j'emprunte un trajet en dents de scie qui m'amène jusqu'au bout du quartier, près de la falaise, là où je demeure. Ça me permet de couper au plus court par les stationnements et les terrains vagues.

J'ai pas l'habitude d'avoir peur et je me dis que c'est idiot il ne m'arrivera rien, il ne peut rien m'arriver, j'ai pas l'air de quelqu'un qui a du fric plein les poches et puis je suis un gars quoi. Mais ces histoires m'ont rendu nerveux. Je passe mon temps à regarder à gauche, à droite. Même en arrière, comme si j'allais être pris en filature. Je me dis que je suis complètement maboule. Mais c'est comme ça.

Vingt mètres devant, il y a un gars qui marche lui aussi d'un bon pas. C'est fou mais ça me rassure. Il aurait été derrière que ça m'aurait dérangé. Mais devant.

Lui aussi il marche vite. Pressé de rentrer sans doute.

Le plus curieux c'est que trois ou quatre coins de rue plus loin, il est toujours devant. Il fait le même zigzag que moi.

J'ai de plus en plus la désagréable impression d'être suivi et que mes fréquents changements de direction n'arrangeront rien. Mais voilà, mon « suiveur » est devant. Absurde. Ce serait à lui de se sentir suivi. Mais ça j'irai pas le lui demander.

Quand je tourne enfin le dernier coin de rue, il est toujours là, dans *ma* rue, à vingt mètres devant. Il va jusqu'à entrer dans l'immeuble où j'habite. Un voisin? Je ne l'ai jamais vu auparavant. C'est vrai qu'à vingt mètres, en pleine nuit, il est assez difficile de reconnaître quelqu'un qui vous tourne le dos.

À mon tour, je pénètre dans l'édifice. Juste à temps pour entendre une porte se refermer au troisième. Je reconnais le bruit de ces gonds que je néglige toujours de huiler : c'est la porte de chez moi, sacrebleu !

J'accélère, je monte les marches en courant.

Au moment où j'arrive sur le palier, la lumière s'éteint. On l'a fermée par le commutateur intérieur.

Je rallume par le bouton extérieur, je veux insérer ma clef dans la serrure. Rien à faire. Le trousseau y passe au complet. Impossible de déverrouiller. Je frappe, je frappe. On ne me répond pas. Pourtant je suis sûr d'avoir entendu du bruit de l'autre côté de la porte.

Et je devine qu'on ne m'ouvrira pas, qu'on n'ouvre pas aux inconnus. Avec toutes les histoires qu'on entend conter aujourd'hui, on ne sait jamais ce qui peut arriver.

Source : Gilles Pellerin, *Ni le lieu ni l'heure*, Québec, L'instant même, 1987, p. 23-26.

« AVANCEZ PAR EN ARRIÈRE »

Depuis que votre petit ami vous a laissée ou que vous l'avez laissé, c'est selon, vous cherchez à donner un sens à votre existence. L'idée du bénévolat s'impose à votre esprit. Mais la seule éventualité d'écouter un vieil homme parler interminablement de la guerre 14-18 ou de faire des casse-tête de mille pièces pendant que la télé diffuse un quiz tonitruant vous décourage immédiatement. Vous n'avez pas à ce point la fibre altruiste.

Chrystelle, une fausse amie rencontrée dans un salon de coiffure un soir de pleine lune, vous conseille de prendre un cours. N'importe lequel. Portugais, broderie chinoise, psychologie de la personnalité, construction de cabanon, plongée sous-marine. Ça ne va pas la tête ? Vous n'en êtes pas rendue à un seuil aussi bas de désœuvrement. Envoyez-la promener, elle est atteinte de folie compulsive. Préférez un changement par l'extérieur, c'est plus simple. Walter accepte de vous prendre illico, il est curieux de voir où en est son « Périple polychrome » après trois semaines, une audacieuse tentative qui avait pour but de racheter sa mièvre « Nuances impressionnistes », un fade amalgame de couleurs floues censées rappeler les nénuphars de Monet. Vous auriez mieux fait de vous abstenir ; il n'a pas dû remarquer votre *look* vestimentaire futuriste, car vous sortez de là coiffée à la Grace Slick, années soixante-dix, et « Luxure tropicale » ne sied guère à votre teint de tourterelle dépressive. Vous décidez de ne plus jamais retourner voir ce Walter, dont le comportement douteux vous fait sourciller. Il semble être hétérosexuel quand vous êtes sur sa chaise, mais de le voir se tortiller sans aucune subtilité autour du client mâle en s'extasiant de manière incongrue sur ses oreilles (vous avez été témoin de cela à plusieurs reprises tandis que vous attendiez votre tour) vous rend songeuse. Il ne s'est jamais pâmé sur vos oreilles à vous, qui pourtant les portez comme de précieux bijoux de soir de première, ça dit tout.

En quittant le salon, pas plus remontée qu'avant, vous allez tout de go à la bibliothèque municipale, là où se terrent tous les restes humains, les célibataires, les rejetés, les seuls au monde comme vous. Vous décidez, portée par une mystérieuse intuition, de vous passionner pour la quête de soi, l'écoute de votre enfant intérieur, les contorsions yoguiques censées vous mener au centre de votre *vous* le plus profond.

La bibliothécaire vous emmène au fin fond de la bibliothèque, là où le monde et l'air même se raréfient. Elle vous indique la section désirée en examinant votre accoutrement. Elle vous demande, en se croyant comique, si vous vous apprêtez à partir pour un voyage intersidéral. Vous lui demandez, avec le plus grand sérieux, où elle a déniché cette robe qui ressemble à une épluchure de patate.

L'étagère croule sous les recommandations des gourous, le choix vous consterne et manque de vous envoyer vite fait à la section horticulture. Mais quelque petite voix ténue de votre inconscient-subconscient-troisième-œil-plexus-solaire vous retient : il vous apparaît impossible que tant de gens se soient penchés sur la complexité de l'âme humaine sans qu'aucun ait trouvé le moindre élément de réponse !

Vous voilà à genoux devant les titres du rayon inférieur ; c'est là qu'ils ont caché les ouvrages parlant de la solitude. Qu'ils y restent ! Vous ne désirez pas perfectionner l'art d'être seule ; vous aurez bien le temps pour cela. Pas besoin de textes savants pour savoir qu'il ne sert à rien de décrocher le téléphone pour vérifier qu'il fonctionne toujours. S'il ne sonne pas, c'est que personne ne se soucie de vous, un point c'est tout. Aussi bien vous bourrer de chocolat, une technique de consolation qui a fait ses preuves.

Juste au-dessus, sous une couche de poussière, des livres sur la méditation. Sur une des couvertures, une femme en position du lotus, vêtue d'un maillot un peu trop décolleté. La face fendue en un sourire niais qui se voudrait extatique, elle semble ne pas se rendre compte qu'elle ne se trouve que sur une page cartonnée. Non, ça ne va pas. Il y a sûrement mieux pour vous.

Un type se pointe. Vêtu d'une espèce de cape médiévale, il pue le patchouli, un arôme qui vous rappelle votre vie antérieure. Justement, il se met à feuilleter un livre qui parle de réincarnation. Vous le méprisez. Vous avez envie de lui dire que depuis que vous savez que vous avez étranglé votre père dans votre vie précédente, rien n'a changé dans vos relations avec les hommes, que vous les collectionnez depuis le début de la vingtaine, les jetant les uns après les autres comme de vieux mouchoirs saturés à travers lesquels passent vos doigts.

Il vous ignore. Bien que son allure hérisse la colonie de poils dont la nature farceuse a doté votre joli corps, son indifférence à votre endroit vous dérange. Impossible qu'il s'agisse là du premier mâle qui restera insensible à votre robe année 2010, un truc couleur *saran-wrap* teinté, motif gaufrettes nature, sous laquelle votre justaucorps vous rend affolante. Sans un regard pour vous, il s'en va, son livre inepte sous le bras. Assurément, il est gay.

Un peu de sérieux. Respectez votre célibat de fraîche date, pour une fois. Concentrez-vous sur les travaux de Léo Buscaglia. Il dit, en introduction à son livre sur l'amour-de-soi-avant-l'amour-des-autres-pour-aspirer-à-devenir-une-personne-autosuffisante-et-capable-d'aimer-comme-du-monde, quelque chose comme ça, que ce qu'on vous apprend à l'école, c'est tout sauf cela, apprendre à vous aimer.

Souvenez-vous de monsieur Brisebois, votre prof de math, qui vous a humiliée devant toute la classe en vous envoyant au tableau pour vérifier que vous compreniez l'équation, comme vous le lui aviez répondu, alors que vous n'y entendiez rien. De madame Taillefer, la despote qui vous a forcée à réciter *Le Vaisseau d'Or* de Nelligan sans interruption après la classe, jusqu'à ce que vous le sachiez par cœur, parce que vous aviez ri de ti-cul Bonin qui bégayait, comme toujours, en le récitant. Comme si, à douze ans, vous pouviez savoir qu'il ne faut pas rire des bègues…

Accordez du crédit à Buscaglia, mais remettez le livre sur le rayon. Vous refusez de descendre aussi bas que d'avoir recours à un bouquin pour apprendre à aimer. Vous considérez vous aimer bien suffisamment. Ne faut-il pas s'estimer un tantinet minimum pour oser porter une tenue aussi déconcertante en dehors d'une soirée costumée ?

Bon. Vous y voilà. Le yoga. L'art ultime, qui a traversé les siècles pour parvenir jusqu'à vous, ici, maintenant. Vous choisissez l'ouvrage le plus épais, le plus lourd aussi ; bon sang, y ont-ils incorporé le secret du bonheur ? Ne le feuilletez pas, car les exemples de contorsions que vous soupçonnez y trouver pourraient vous décourager.

Vous vous dirigez d'un pas décidé, style soldat de tranchée, vers le comptoir de prêt. La préposée regarde votre livre et vous lance un clin d'œil invitant ; elle vous croit sûrement gouine comme elle. Mais ça vous plaît de plaire à la marginalité en ce moment. Plaire à un oignon vous plairait aussi. Vous vous sentez si moche, depuis le jour de votre rupture. Vous lui renvoyez son sourire, bouche close, craignant que des miettes du chausson aux pommes que vous avez avalé avant d'arriver aient colmaté vos dents du devant. Elle vous sourit à son tour. Vous lui re-souriez. Ça va bien, côté sourire. Il vous faut maintenant lui présenter votre carte d'abonnée. Impossible de la retrouver, dans le fouillis de votre sac fourre-tout-mais-vraiment-tout. Elle dit : « Ça ne fait rien. Donne-moi ton nom, je vais trouver à l'écran ». Vous lui dites : « Nina Hagen ». Elle rit et votre cœur bondit : elle connaît Nina Hagen !

À partir de ce jour, vous ne vous lâchez plus. La mocheté que vous vous sentiez être il y a quelque temps a disparu pour laisser place à une princesse de contes de gays. Un monde s'offre à vous, un monde d'odeurs nouvelles, d'épiderme velouté, de menton pas râpé d'avoir trop embrassé. Il vous fallait cela, un changement radical.

Mais elle vous fatigue rapidement. En effet, tous les matins, elle vous exclut de son existence pour se consacrer pendant une longue demi-heure à la pratique du yoga. Sans bouquin. Elle fait ça depuis des années. Enfermée dans sa pièce de méditation (ça aussi, depuis des lustres), elle adopte les postures les plus grotesques dans un silence monacal. Pendant ce temps, vous marinez dans votre jus, sirotant un café fade, pas plus avancée qu'il y a dix jours quant au sens à donner à votre vie. C'est donc cela que voulait dire Buscaglia : fondez-vous en l'autre et perdez votre chemin. Vous seriez-vous encore égarée ? N'acceptez pas spontanément cette évidence, ne l'admettez même pas. La faute ne vous incombe pas totalement ; la vie ne place pas sur votre route les personnes susceptibles de vous faire progresser, voilà tout.

Décidez de tirer votre révérence pendant qu'elle effectue ses salutations au soleil. Écrivez-lui un petit mot, assez doux, elle est si détendue lorsqu'elle termine ses exercices, vous ne voulez pas la faire casser d'un coup. Et puis votre expérience vous a prouvé qu'il est plus facile de laisser que d'être laissé : celui qui s'en va a raison, l'autre n'a qu'à s'incliner.

En retournant à votre appartement, un petit deux pièces et demie dans un quartier *in* et riche d'artistes pauvres, la pensée que vous êtes cruelle vous effleure. Ne gâchez pas votre journée en vaines considérations philosophiques, le soleil luit, tout respire le recommencement.

La lumière de votre répondeur clignote ; votre ex-petit ami vous supplie de lui accorder une seconde chance. Qu'est-ce qui lui prend, celui-là ? Vous effacez son message, sans façon. Hors de question pour vous de régresser. Vous commencez à peine à avancer. Et le chemin qui mène à soi est si long. À quoi bon s'en laisser divertir ?

La lassitude s'empare soudain de votre être. Un silence complexe vous envahit et crée des perturbations insolites dans votre esprit. Votre inconscient-subconscient-troisième-œil-plexus-solaire bat la chamade. Du déjà-vu insupportable. Vous vous jetez sur le téléphone et composez le numéro de votre ex-petit ami. Il sera toujours temps pour la promenade vers l'avant. Et puis, c'est par où, ça, de toute manière, par en avant ?

Source : Suzanne Myre, *Humains aigres-doux*, Montréal, Marchand de feuilles, 2004, p. 97-104.

...ONNE PAS

Bien allongé dans mon fauteuil de lecture (je ne m'y assois plus depuis qu'il en a pris l'habitude), il dort enfin. À moins que ce ne soit une feinte pour mieux me surprendre, pour accentuer le sentiment de désarroi et d'impuissance qui ne me quitte maintenant plus. Comment m'assurer qu'il dort vraiment ? Il faudrait que je me retourne, mais ne serait-ce pas lui avouer ma lâcheté ?

J'évite de faire le moindre bruit. Je m'empêche même de bouger, de déplacer ma feuille de papier ou de laisser seulement ma main traîner sur sa surface. J'appréhende déjà l'instant fatidique où il me faudra retourner cette feuille sans provoquer le moindre froissement, retenir mon souffle et attendre. Attendre dans l'espoir inavoué de ne pas sentir son regard me lacérer le dos. Au moindre bruit suspect ses yeux s'entrouvriront, lentement, perversement. Au même instant, ma main s'immobilisera et l'imperceptible tremblement qui s'en emparera me trahira.

Un matin je me suis réveillé et il était là, au pied de mon lit, immobile, comme s'il y avait toujours été, me fixant, me dardant d'un regard que je ne pouvais soutenir. J'ai aussitôt eu le sentiment qu'il m'appartenait de justifier ma présence en ces lieux, dans ma chambre, dans mon lit. Et je n'ai pas pu.

Tu vas sans doute croire que j'ai perdu la raison. Je dois admettre qu'à certains moments je ne suis pas loin de le penser. Mes attitudes me sont devenues incompréhensibles. J'ai parfois même l'impression *malheur !* j'ai remué ma chaise sans m'en rendre compte et le bruit – le plus léger frottement prend maintenant l'ampleur d'un vacarme d'enfer – l'a sûrement éveillé... Non, il ne bouge pas, sa respiration est régulière et profonde. Je me surprends d'avoir développé si rapidement des réflexes de défense. L'acuité de mes sens est aujourd'hui telle qu'il me semble que tout ce qui compose le monde ambiant m'est devenu hostile.

Où en étais-je? Je me sens si épuisé, si inquiet. Chaque fois que je me risque à t'écrire, je sens par-dessus mon épaule son regard me l'interdire. Ces derniers jours je me suis même empêché de regarder ma table de travail, d'évoquer les mots et les phrases que je t'écris présentement. Je sais qu'il lit dans mes pensées, qu'il devine jusqu'à mes intentions les plus secrètes. J'ai même songé à l'emp... mais tu vois je crains de l'écrire de peur d'éveiller à nouveau ses soupçons.

Il n'accepte aucune autre présence. Les gens qui avaient l'habitude de me rendre visite ont cessé de venir d'eux-mêmes, m'évitant ainsi de formuler une explication que je serais incapable de donner. Ont-ils aussi compris qu'ils ne pouvaient plus rien pour moi?

Mes sorties se limitent maintenant aux achats essentiels et je rentre aussitôt. J'espère chaque fois qu'il ne sera plus là à mon retour, mais dès que je referme la porte je sens son regard se poser sur moi, s'agripper à moi devrais-je dire. Hier j'ai eu l'impression qu'il réprouvait mes sorties: peut-être m'interdira-t-il aussi de m'absenter bientôt? Je songe même à faire des provisions. Pas pour moi (je ne mange presque plus), mais pour lui. Il dévore tout ce que je lui donne (j'ai horreur de le voir me tourner autour en miaulant). Depuis une semaine j'ai l'impression qu'il grossit à vue d'œil et il m'arrive souvent de penser, non, tout cela n'a aucun sens.

Il vient de remuer. Je le sais, je le sens se préparer à bondir dans mon dos. Je n'ose cependant pas me retourner, l'affronter à nouveau. Je dois continuer à t'écrire, faire comme si de rien n'était, déjouer ma culpabilité, plutôt celle qu'il a fait naître en moi. Je dois oublier jusqu'à sa présence, l'annihiler dans mon esprit et reprendre possession de mes sens, de mes gestes, de ma liberté.

Non, il dort toujours. Sinon comment aurais-je pu faire preuve d'un tel courage? Dieu seul sait de quelle machination infernale il serait capable pour m'interdire à jamais de t'écrire. Mon poignet me fait d'ailleurs horriblement mal depuis hier, quand j'ai follement cru pouvoir le tromper en voulant te téléphoner. À peine avais-je décroché le récepteur et composé les premiers chiffres de ton numéro qu'il m'a solidement happé la main droite à la hauteur du poignet, me forçant à raccrocher, vaincu, terrifié.

Il m'arrive de croire qu'il s'est emparé de mon esprit, qu'il ne me laisse plus formuler que des pensées inoffensives. Peut-être m'imposera-t-il d'ici peu ses propres désirs et fantasmes et je n'aurai d'autre choix, d'autre possibilité que d'acquiescer à sa volonté. J'élaborerai alors les plans de ma servitude, jusqu'au jour où j'arrêterai le moment de ma mort.

Je sais maintenant pourquoi il ne s'est pas réveillé tout à l'heure, ou même en ce moment alors que je viens d'échapper mon stylo. Il ne dort pas. Ses yeux sont fermés et il est immobile, mais il ne dort jamais. Ma main me fait de plus en plus souffrir et il me sera bientôt impossible de former la moindre lettre. J'aurais dû comprendre son attitude faussement nonchalante depuis hier au lieu de croire à un répit, à un relâchement de son emprise. Comment n'ai-je pas compris plus tôt qu'il ne reste présentement étendu sans remuer que parce qu'il sait l'instant venu et qu'il n'a plus qu'à attendre. Ma main enfle à vue d'œil et je sais qu'il est trop tard, que plus rien ne sert à rien. J'ai de plus en plus de difficulté à tracer les… prends garde… la morsure de ce chat ne pard…

Source: Jean-Paul Beaumier, *L'air libre*, Québec, L'instant même, 1988, p. 35-38.

TOUT GIONO

Local B-2245. Plus elle s'en approchait, plus elle ralentissait le pas. Jour de rentrée, jour de première. Elle n'avait jamais mis les pieds dans une classe autrement que pour y suivre un cours. Aujourd'hui, c'était elle qui le donnerait. Elle aurait pu considérer le moment comme solennel. Mais au lieu d'y voir un début de carrière, elle en voyait la fin. La fin des petits boulots, des contrats pas trop certains. Dans deux semaines serait déposée dans son compte en banque une vraie paye, et ainsi de suite à dates fixes jusqu'à la retraite. Finie l'aventure, place au beurre sur les épinards.

Quand on lui demanderait ce qu'elle faisait dans la vie, elle répondrait : « J'enseigne la littérature. » Ça ferait chic.

Les papillons dans le ventre, la bouche sèche. Local B-2245 en vue. Le trac. Comme au théâtre.

Ils étaient déjà tous arrivés. Assis sagement, leurs cahiers et crayons devant eux. Ils ne se parlaient pas. Ils ne se connaissaient pas encore. Tous de nouveaux étudiants, à la fois fiers et apeurés. Premier cours au collégial. Eux aussi.

Stratégie vitale, surtout ne pas avouer qu'elle n'avait jamais enseigné. Prendre l'air compassé d'une enseignante d'expérience. Ça, ils connaissaient déjà.

Distribution des plans de cours. Incapable de prononcer un mot, elle souriait simplement en guise de bienvenue. Ses mains étaient moites, sa gorge si serrée qu'elle se demandait comment elle réussirait à articuler un son.

Puis la machine démarra au quart de tour.

Combien étaient-ils exactement à braquer leur regard sur elle? Elle s'entendait parler, remarquaient-ils sa respiration un peu courte? Ils avaient plutôt l'air gentils. Coup d'œil sur l'horloge. La glace était cassée, comme on dit, ça irait.

Au cours suivant, ils reprirent les mêmes places, remirent leurs cahiers et crayons devant eux. Prêts pour la becquée. Elle régurgita.

Ce fut au troisième cours qu'elle le remarqua. Il réagissait à tout ce qu'elle disait soit en haussant un sourcil, soit en écarquillant les yeux. Il ne prenait pas de notes. Il se tenait droit, le corps légèrement penché vers l'avant. Une sorte de Dieu le père de la littérature, pensa-t-elle, un peu affolée.

À partir de ce moment, la classe se vida. Ils avaient beau ne pas avoir bougé et être demeurés attentifs, il ne restait que lui au dernier rang.

Et s'il découvrait qu'elle ne connaissait rien, qu'elle n'avait jamais enseigné, ou pire qu'elle ne s'était jamais intéressée avant aujourd'hui aux bipèdes de dix-sept ans?

Après quelques semaines, le manège persistait toujours. S'accentuait même. Grands yeux inquisiteurs. Sourcils à la hausse. Elle ressentait le besoin irrépressible de se ronger les ongles devant toute la classe.

Il finit par se décider. À la fin d'un cours, il la rejoignit près du tableau qu'elle effaçait. Après lui avoir posé une question banale – un prétexte –, il laissa tomber:

« Cet été, j'ai lu tout Giono. »

Il s'agissait de réagir vite. Pour elle, Giono égalait Provence, égalait *L'homme qui plantait des arbres*, le dessin animé. C'était tout. Bon, il lui fallait trouver le commentaire intelligent, celui qui ne déclencherait pas la hausse des sourcils ou le regard impitoyable, car il lui avait asséné son plus beau sourire en résumant son été. Elle ne pouvait tout de même pas lui avouer qu'elle n'avait rien lu de Giono, que malgré son beau diplôme, elle n'y connaissait rien en littérature, qu'on avait dû se tromper de candidat quand on l'avait appelée pour lui annoncer qu'elle décrochait le poste.

« Tout Giono, vraiment ? » lui répondit-elle en déposant lentement la brosse à effacer. Pour gagner du temps.

« Oui, tout Giono », répéta-t-il sans développer.

– Tu aimes la Provence ? lui demanda-t-elle pour ne pas paraître trop nulle.

– Non, pas spécialement, répliqua-t-il avant qu'une étudiante n'intervienne à son tour pour poser une question.

Il choisit de s'éclipser. L'envie d'embrasser l'étudiante pour sa question stupide bien placée.

La nuit, elle ne dormait plus. *Tout Giono, tout Giono*, il n'y avait que cette phrase depuis des semaines dans sa tête.

Combattre le feu par le feu, il n'y avait pas trente-six solutions à l'ignorance : œuvres complètes de Giono en six gros volumes sur sa table de chevet, comme autant de missels attendant qu'on les ouvre. Jusqu'à la dernière page, jusqu'à ce que mort s'ensuive, s'il le fallait.

Au début, elle s'était lancée à corps perdu dans la lecture, méthodiquement, en respectant la chronologie ; les premiers romans, les souvenirs. C'était comme une forêt à abattre, une coupe à blanc à effectuer au plus vite. Tout Giono. Ses projets s'étaient retrouvés sur la glace. Sa vie attendrait qu'elle en finisse avec les six gros volumes pour reprendre son cours. Elle ne sortait plus, refusait des invitations, rentrait toujours précipitamment du travail pour lire. Le temps presse, la vie est courte et l'œuvre de Giono semblait ne pas avoir de fin.

En classe, ça allait mieux, comme si ses efforts pour conjurer son ignorance la rendaient moins angoissée. Elle avait le sentiment que ses étudiants l'appréciaient. Ces quelques mois qui venaient de s'écouler étaient capitaux : ils annonçaient après tout la couleur des vingt-cinq prochaines années. Il valait mieux que ça ne se passe pas trop mal.

Le jeune homme au fond de la classe avait complètement changé d'attitude après sa fameuse révélation. Il n'avait plus ce regard critique qui la transperçait durant les cours, non, il s'affairait à prendre des notes, il relevait la tête de temps à autre, l'air moins vigilant, presque un peu absent. Il ne l'écoutait plus que d'une oreille distraite, occupé qu'il était à terminer des travaux de philosophie ou d'histoire. Elle ne s'en rendait pas compte.

Quand il quittait la classe cependant, il semblait faire exprès de passer tout près d'elle pour lui dire au revoir. Oh, son sourire, et ses yeux surtout qu'elle comparait à un champ de lavande juste avant que les fleurs ne soient complètement ouvertes. Preuve que la Provence commençait à faire des ravages en elle.

Au bout d'un moment, sa belle ferveur commença à avoir des ratés. Il lui arrivait d'abandonner la lecture d'un roman de Giono après trente pages pour en commencer un autre, en se promettant solennellement d'y revenir plus tard. En fait, elle ne l'avouait pas encore : Giono ne la branchait pas.

Alors de temps à autre, n'y tenant plus, elle se mit à le tromper. Le Clézio, Oyono, Calvino, Modiano, oui surtout Modiano, même Victor Hugo.

L'année scolaire s'achevait. Quand le jeune homme vint lui souhaiter de bonnes vacances, elle coupa court à la conversation. S'il fallait qu'il lui fasse part de ses projets de lecture pour l'été à venir, elle se retrouverait en enfer, avec de nouvelles lectures imposées pour les deux années à venir.

* * *

Elle était passée à travers. Quand elle referma le dernier livre, elle se planta devant le miroir et clama haut et fort en détachant toutes les syllabes : J'ai lu tout Giono ! Il ne lui était resté qu'une petite amertume : le jeune homme n'avait pris qu'un seul été pour y arriver, tandis qu'il lui avait fallu sept ans. Il faut dire que ses adultères avaient fini par se multiplier à l'infini. Mais peu importe le temps, elle avait réussi : elle avait vaincu l'ignorance.

Un jour, à la fin d'un cours, alors que la classe venait de se vider et qu'elle ramassait tranquillement ses affaires, un jeune homme, qui n'était pas un de ses étudiants, est venu la trouver. Vingt-quatre, vingt-cinq ans, la carrure solide, les yeux couleur champ de lavande sur le point d'aboutir, le sourcil haussé, le sourire, oh, le sourire.

En l'apercevant, elle a failli s'exclamer : Angelo ! En fait, elle ne se rappelait plus son nom.

Il était mal à l'aise. Elle aussi.

Pour briser la glace, elle lui a demandé :

— Qu'es-tu devenu ?

— Je termine une maîtrise en littérature.

— Sur Giono, bien sûr, s'est-elle empressée de répliquer, sûre d'elle-même.

Il n'a pas répondu, mais il s'est approché tout près d'elle. Dans ses yeux, les lavandes étaient en train d'aboutir. Son sourire, oh, son sourire. Il avait retrouvé son aplomb. Il a posé les mains sur ses épaules qui fêtaient justement leurs quarante ans ce jour-là. Il lui a dit tout bas :

« Je n'ai jamais lu une seule ligne de Giono, j'ai dit ça pour vous impressionner. »

Source : Christiane Frenette, *Celle qui marchait sur du verre*, Montréal, Boréal, 2002, p. 105-112.

LES AURORES MONTRÉALES

Sont gras. Sont cons. Le soir, ils investissent le milieu de la rue et ils malmènent une balle avec des bâtons de hockey jusqu'à ce que les voitures garées la reçoivent en pleine gueule. Le dimanche, ils s'ébranlent en hordes vers leur église, empesés et soumis à côté de leurs mères en noir qu'ils dépassent d'une tête, graves concombres s'obstinant à mariner dans le vinaigre de l'enfance. Celui qui semble le chef de la bande est le plus gras et le plus con de tous, ce qui est dans l'ordre des choses, dans l'ordre des choses telles que vécues au royaume de Babel. Le chef de la bande promène sur Laurel un regard noir et baveux lorsqu'un trottoir les réunit un moment. Dans le livre de Laurel, il s'appellera à jamais Soufflaki, en guise de représailles.

Laurel écrit tout. Il n'est installé dans le quartier que depuis une semaine, mais dix pages de son cahier rouge débordent déjà de commentaires et de ratures. Dans trois mois, il aura suffisamment amassé de matériel pour commencer un livre, un vrai livre sur le vrai visage désolant du nouveau Montréal. Ce n'est pas parce qu'on a seize ans qu'on est dépourvu de vision. « Fils, lui dit à l'occasion son père, entre deux bouffées d'herbe et trois traits de peinture, tu es plus vieux et meilleur que moi, tu as cinquante-six ans, puisque tu as déjà tout compris de mon âge et du tien. »

Son père peint, enseigne, fume de l'herbe, rit et dort sur le plateau Mont-Royal depuis la préhistoire de Laurel. Son père est un francophone de souche, l'un de ces opiniâtres termites que les marées anglophone et allophone n'ont pas réussi à évincer de la galerie primordiale. (Et dont il est maintenant malvenu de mentionner l'existence, pense Laurel.)

Sa mère est d'une eau différente.

Sa mère pourrait être n'importe quoi, à voir la façon dont elle pactise avec l'étrange, dont elle plonge ses racines malléables dans toutes sortes de terreaux suspects. Sa mère habite le quartier grec limitrophe du quartier hassidim, tient un magasin d'aliments naturels chez les Anglais, fait ses emplettes chez les Italiens et couche avec un Chilien. Dans le livre de Laurel, elle s'appellera Iouniverselle et disparaîtra précocement, victime d'assassinat ou d'assimilation.

Laurel referme son cahier, mais ne se risque pas encore dehors. Dehors, Soufflaki et quelques-uns de ses mous acolytes occupent le territoire, montés sur des patins à roues alignées. L'affrontement viendra bien assez tôt, mieux vaut d'abord observer l'adversaire et fourbir ses armes en secret. Soufflaki porte un long T-shirt par-dessus son ventre qui tressaille, avec au dos une inscription en rouge qui tournoie trop pour être intelligible. Il patine bien, l'animal. Lorsque sa mère surgit dans la porte d'en face et hurle quelque chose dans leur sabir, le dos de son T-shirt redevient suffisamment immobile pour que Laurel puisse lire : *I'm not deaf, I'm ignoring you.*

Les mères de Soufflaki et de ses semblables ont des voix stridentes, qu'elles lancent dans la rue comme des grenades. Les pères sont plus discrets. Celui de Soufflaki se tient dans la fenêtre à cœur de jour en se fouillant méditativement les narines.

Soufflaki disparaît chez lui, toujours dressé sur ses patins d'esbroufe. C'est le signal pour que les autres se dispersent instantanément et que la voie se libère enfin.

Laurel sort. Depuis le début de cette semaine passée dans l'intimité touffue de Iouniverselle, il a appris à marcher sans repos et sans distraction, fébrile guérillero traquant les indices incriminants. L'avenue du Parc, par exemple, est un champ de bataille linguistique, une micro-Babel où tonitrue la laideur.

Laurel ralentit invariablement le pas devant les magasins d'ordinateurs où se dénichent toutes sortes de *hardwares compatibeuls*, les marchands de tapis *beautiful* où s'entassent les *merveilleux carpettes de Turkish*. Sont tarés. Sont *inncrédibeuls*. Braqué devant la vitrine, ricanant et courroucé, il sort son cahier qu'il balafre de phrases vengeresses, souvent sous le regard du propriétaire qui lui adresse un sourire approximatif, incertain sur ses intentions mais ne prenant pas de risque. Une fois, embusqué devant un snack-bar (*Nous fésons les poutines tostés*), Laurel a aperçu un garçon de son âge, le calepin à la main lui aussi, et qui prenait des notes effrénées. En moins de deux, bravant sa réserve habituelle, Laurel s'est retrouvé auprès de lui, la main presque tendue et le cœur ramolli par un début d'amitié authentique – compagnon de lutte, ô mon frère, serions-nous du même côté de la barricade?... Le garçon, méfiant, a enlevé de ses oreilles les écouteurs de son baladeur – *What dayawant?...* – et Laurel a vu que ce qu'il copiait dans son carnet avec autant d'acharnement, c'étaient les mots d'une chanson dont les ondes très *hard metal* et terriblement *English* se répandaient maintenant librement dans la rue. Oups. *Exquiouse me.*

Il est seul, bon, il s'en doute depuis longtemps, et peut-être un jour finira-t-il par s'y faire. Il est seul, échappant aux statistiques idiotes et aux clichés, il n'est pas cet ado fluo en panne de cause et d'orthographe que les sociologues ont érigé en norme et que les journaux n'arrêtent pas de fustiger. Sont morons. Pourquoi, à seize ans plus qu'à cinquante, on serait tous faits pareils?...

Il n'a pas de patins à roues alignées et il refuse d'aimer le vélo de montagne. Il n'a jamais couché avec une fille. Il lit, plutôt que d'écouter la télévision, il lit des livres québécois-de-langue-française à l'exclusion de tous les autres. Il connaît par cœur Michel Tremblay, il a emprunté à Francine Noël son image montréalaise de Babel, il vénère Sylvain Trudel et

Gaétan Soucy et Esther Rochon et Louis Hamelin. Et il a trouvé sa Cause, celle à qui il vouera s'il le faut toutes ses énergies neuves et recyclées : Défendre le Montréal français contre les Envahisseurs.

Ce n'est pas simple, ça ne va pas sans heurt, entre autres avec la lénifiante Iouniverselle qui ne voit pas les ennemis et qui vendrait son âme pour communiquer. Depuis qu'ils ont recommencé de vivre ensemble, il n'y a pas moyen d'avoir avec elle un échange énergique, un affrontement qui en vaudrait la peine. Il pointe le doigt sur les irréfutables accrocs et sur les périls innombrables qui guettent leur ville, elle écoute Laurel en souriant, comme s'il n'était pas un adversaire digne d'elle, elle n'élève jamais la voix, elle lui caresse la joue pendant qu'il voudrait mordre. « Tu es un intelligent petit con, mais tu changeras », dit-elle en souriant.

Il la tuerait s'il ne l'aimait pas tant, pauvre agnelle aveugle courant à l'extermination, il se contentera de la tuer dans son livre, pour qu'elle comprenne enfin à quels dangers réels il a voulu la soustraire.

Les dangers réels sont infiltrés partout et épousent toutes les formes. Parfois, ils n'ont rien à voir avec la langue et endossent, bien pis, des oripeaux spirituels. Tout ce qui est marque ostensible d'appartenance religieuse, tous ces voiles, turbans, képis, boudins, croix et salamalecs qui fleurissent autour de Laurel sont pour lui une subtile menace, une entrave à la liberté fondamentale, la liberté de ne croire en rien et d'en être malheureux comme les pierres, pourquoi pas.

Il y a un pâtissier syrien, avenue du Parc, dont les baklavas à l'eau de rose et à la crème de pistaches laissent dans la mémoire une impérissable empreinte. Laurel s'y est rendu deux fois, depuis le début de la semaine, et aujourd'hui encore il y retourne. Ce Syrien est un petit homme affable, qui parle un français impeccable, qui accueille les clients comme s'il s'agissait d'amis chers enfin retrouvés. Dommage. Chaque fois qu'il s'apprête à parler d'argent, le voici à demi incliné, les mains en tente devant son front, adressant à quelque Moloch ou Tanit barbare une prière muette en forme de piastre (« Combien, Seigneur, dois-je réclamer pour ces délicieux biscuits au sésame ? » ou : « Reçois, cher Dieu, ces deux dollars quatre-vingt-quinze qui s'additionnent aux trois cent dix mille dollars et quarante cents déjà versés pour le salut de mon âme »). Sont irritants. Chaque fois qu'il se trouve témoin de cette intempestive dévotion, Laurel pense aux promesses moelleuses du baklava pour museler son agacement. Aujourd'hui, il ne sait d'où lui vient son audace, mais le petit Syrien immobile devant la caisse ne s'est pas aussitôt collé les mains au front que Laurel l'interrompt sarcastiquement : « Puis-je savoir ce que vous Lui dites, au juste ?... » Le petit Syrien se redresse, aimable et interrogatif, les mains toujours en cône, et tout à coup Laurel comprend. Il ne s'agit pas d'un geste de fanatique, mais d'un geste de commerçant, le pâtissier protège tout simplement de la lumière les chiffres de son écran pour pouvoir les lire, tout simplement et prosaïquement. Laurel, mécontent de lui, sort rapidement après avoir balbutié des salutations, et le baklava à l'eau de rose qu'il enfourne sans le mastiquer lui semble pour la première fois infiniment trop sucré.

Par chance, il y a le mont Royal. Déjà, lorsqu'il habitait rue Rachel avec son père, Laurel disparaissait fréquemment dans les versants boisés de cette petite montagne, plus collinette que montagne à vrai dire, tournant paresseusement sur elle-même plutôt que de se hâter de dévoiler son sommet. Le mont Royal est devenu plus accessible encore de l'appartement de Iouniverselle, une consolation de verdure et d'harmonie après cinq cents mètres de déboires visuels. Sur le mont Royal, maintenant comme dans son enfance, la solitude de Laurel se transforme en vêtement étincelant. Il est un prince qui gravit pas à pas son royaume, mélancolique comme tous ceux promis à un destin exigeant, tandis qu'autour de lui se pressent vers l'infarctus les manants joggers et les cyclistes fous. Il est un aventurier de la lenteur auquel n'échappe nul bruissement soudain, nul mouvement des arbres ou du vent. Toutes sortes d'étonnements peuvent saisir celui qui emprunte les sentiers secondaires du mont Royal, dans la lenteur et l'attention. Une fois, Laurel a vu un écureuil albinos, étalé sur le tronc d'un érable telle une vieille plaque de neige. Une fois, il a trouvé sur le sol un nid de guêpes parfait et vide, une merveille d'architecture légère qu'il possède encore. Une fois, il s'est allongé dans l'herbe à puce et ses jambes en ont gardé deux années durant de cuisants souvenirs. Une fois, il a surpris sept ratons laveurs devisant autour d'une poubelle pleine. Une fois, il a cueilli parmi le muguet sauvage un billet de vingt dollars enroulé autour d'un cube de haschich. Une fois, il est tombé sur deux hommes nus en train de se masturber mutuellement. On ne peut jamais prévoir exactement de quelle nature seront les étonnements, sur le mont Royal.

Le plus étonnant cependant pour Laurel, lors de ces ascensions sinueuses qui le mènent là où la montagne s'immobilise enfin à la rencontre de la ville, c'est de sentir peu à peu un étranger s'installer dans son esprit, et d'aimer cet étranger. Il est difficile d'être en même temps un prince mélancolique et un prince enragé. Assis en haut du mont Royal, Laurel flotte dans un brouillard, doux et triste prince dénué de colère. Il regarde de vieux Portugais aux dents pourries prendre une collation plus loin, et il les trouve beaux. Il regarde la ville brandir contre le fleuve les aiguillons de ses gratte-ciel, et il lui trouve une gracieuse modernité de carte postale. D'ici, Montréal ne fait pas mal.

Aujourd'hui, le ciel est immense et clair, les bouleaux agitent leurs feuilles parfumées, la vie se tient devant, à une distance effrayante. Laurel mâchonne un brin d'herbe. Quand donc sera-t-il heureux, quand donc tombera-t-il dans les bras d'une femme passionnante ou d'une exaltante carrière, quand donc vivra-t-il pour de vrai, quand ? De là-haut, il devine sa rue, un ruban dentelé contre les flancs du parc, et il voit l'immeuble où habite Soufflaki, gris mais brillant au soleil. Le nom de Soufflaki soulève quelque chose de mauvais en lui, un poignard d'irritation. Le prince noble crache au loin son brin d'herbe et sa léthargie. Soufflaki Soufflaki Soufflaki. « Un jour, se dit-il, un jour il va me casser la gueule. »

Il sort de son sac son cahier rouge et l'ouvre au hasard. La lumière bouge sur le papier vierge et allume, s'il la regarde longtemps sans ciller, des ombres colorées qui ressemblent à des aurores boréales. Tout à coup, le titre de son livre lui apparaît, fulgurant sur la page blanche. *Les aurores montréales*. Son livre s'appellera *Les aurores montréales*, parce que, s'entend-il commenter, une cigarette aux lèvres, lui qui ne fume pas mais qui devra fumer un jour s'il veut dégager une image de force et de nonchalance, parce que Montréal est une ville qui n'arrête pas de changer – les journalistes notent frénétiquement tout ce qu'il dit pendant qu'il tire avec virilité sur sa cigarette –, est une ville qui additionne tellement les nouveaux visages que l'on perd toujours celui que l'on croyait enfin connaître – une journaliste particulièrement jolie lui adresse un sourire extatique et une autre lui remet en catimini son numéro de téléphone. Sont folles de lui.

Il suffit de marcher encore une demi-heure, lorsqu'on se trouve au sommet de la montagne, pour déboucher sur le versant opposé au lac des Castors et finalement dans l'avenue Decelles, où Iouniverselle a son magasin d'aliments naturels.

Le magasin est fréquenté presque exclusivement par des anglophones et s'appelle Nature, que l'on prononce *Nétchioure*, la bouche arrondie en trou de beigne. Iouniverselle songe à ouvrir dès cet été un café attenant au magasin, dans lequel Laurel pourrait entreprendre sa vie publique rémunérée.

En poussant la porte, Laurel sent qu'il arrive au mauvais moment. Iouniverselle et son Chilien sont seuls dans le magasin mais occupent tous les atomes disponibles de l'espace. Leurs visages se tiennent très près l'un de l'autre comme s'ils étaient sur le point de s'embrasser ou de se mordre. Seul le Chilien tourne les yeux vers Laurel et lui fait un sourire. « Hola ! », dit-il. Holà toi-même. Iouniverselle garde la tête obstinément penchée, sa façon discrète à elle de montrer qu'elle pleure.

Bien entendu qu'il a toujours été mauvais pour elle, cet Hola trop beau qui ne sait pas dire « Hello » même après des années de Québec français, bien entendu qu'il était fait pour lui tirer des larmes. Un homme ne peut pas être loyal avec des yeux pareils, des yeux doux et noirs comme des lacs quand ils se posent sur sa mère et l'emprisonnent, des yeux qui ont dû piéger dans leur cloaque toutes les femmes.

« Pedro s'en retourne à Santiago », dit Iouniverselle, en levant bravement vers Laurel son visage défait. Hola la prend dans ses bras, Hola prononce son nom avec les intonations liquides d'un chanteur de charme, « Pôline », il dit : « Tu viendras me rejoindre, Pôline », et ça ne peut pas être sérieux, dit comme ça avec tant de « ou » et de roulés sucrés dans la phrase. D'ailleurs, même Iouniverselle-Pauline hausse les épaules pour signifier qu'elle n'est pas dupe de l'absurdité de cette proposition-là, de cette chanson de charme-là.

Hola s'allume une cigarette. Il doit être content que Laurel soit là pour partager le drame et le diluer, il n'arrête pas de tenter de le capter dans les marécages de son regard. Laurel ne le regarde que du coin de l'œil, juste assez pour le voir fumer. Hola a une façon particulière de fumer, très aristo, il tient sa cigarette de tous les doigts de sa main et, quand il expulse la fumée, il lève un peu la tête vers des gens invisibles et il souffle avec force, une façon aristo ou macho on ne sait pas, mais quand un jour Laurel fumera, c'est comme ça qu'il veut fumer. Iouniverselle qui ne fume pas s'allume elle aussi une cigarette et la fume nerveusement, n'importe comment, en fronçant démesurément les sourcils pour s'empêcher de pleurer.

Laurel sent bien qu'il devrait partir à ce moment-là, il se trouve en plein milieu de quelque chose qui ne le concerne pas et qui n'a pas encore connu son aboutissement, il empêche un abcès de crever complètement. Mais il reste là, exprès, en regardant fixement Iouniverselle. Je te l'avais bien dit, ils viennent ici, ils prennent tout et ils s'en vont. Voilà les mots qu'il n'a pas le droit de dire et dont il lance la semence informulée de toutes ses forces vers elle. Elle la reçoit. Son visage change et devient très pâle, elle arrête de fumer, elle dit à Laurel d'une voix de glace : « Va-t'en, Laurel. Tiens, va manger des sushis, je te donne l'argent, va. »

Il ne prend pas l'argent qu'elle lui tend comme à un mendiant, il s'en va sans se retourner en claquant la porte, sa mère le chasse, sa mère lui a toujours préféré les étrangers, toujours.

Par chance, oui, il y a les sushis. Avec le mont Royal, c'est encore ce qu'il y a de meilleur à Montréal, les deux oasis qui rendent cette inhospitalière Babel à peu près supportable. Déjà, lorsqu'il habitait rue Rachel avec son père, ils allaient fréquemment le dimanche au Mikado de la rue Laurier et tout était super et inoubliable, jouer avec les baguettes, déguster le raifort très fort et les petits poissons colorés comme des bonbons. Parfois, sa mère les rejoignait pour l'occasion et prenait le bras de son père en buvant trop de saké, comme si l'exaspération ne les avait pas un jour éloignés l'un de l'autre, comme si le puzzle de leur famille avait encore tous ses morceaux.

Maintenant, Laurel n'a plus besoin de personne pour manger des sushis et savoir ce qu'il aime. Il aime le thon à queue jaune, il aime les oursins sucrés et les psychédéliques *sunrise* qui éclatent dans la bouche, il aime les *California rolls*, il aime la saveur de moelle des anguilles d'eau douce et le feu luxuriant des kamikazés, il aime terminer par un cornet de thon piquant, et il lui faut tout cela, toujours, dans le même ordre, toutes ces pièces de festin indissociables qui lui ravagent la totalité de ses économies.

Et il aime regarder les Japonais, il aime par-dessus tout s'asseoir au comptoir face à l'énigme de leur visage.

Ces Japonais rient beaucoup, comme si travailler était de la rigolade, ils manipulent en riant le riz collant, les feuilles d'algues et les poissons pastel qui se transforment en joyaux sous leurs doigts, et tout en travaillant et rigolant, ils suivent tout de leurs yeux hilares et vigilants, ils ne ratent jamais un client important qu'ils saluent par son nom, à voix haute, avec une inclinaison respectueuse du buste. C'est cela que Laurel épie sur leurs visages, ce passage abrupt de l'espièglerie à la vigilance, ce masque qui en recouvre un autre sans jamais laisser voir les traits véritables. Peut-être est-il pour eux une énigme, lui aussi. Mais peut-être au contraire l'ont-ils immédiatement percé à jour, lui ainsi que tous les clients balourds qui réclament sempiternellement les mêmes plats, peut-être sont-ils très forts, doués d'une faculté d'adaptation remarquable qui leur fait endosser aussitôt le visage qu'il faut au bon moment.

« Ils sont ici comme ils seraient partout », écrit Laurel dans son cahier rouge. Et il renchérirait, il trouverait d'autres mots plus durs pour condamner leur impénétrabilité, mais voilà que le garçon dépose avec un sourire les joyaux délicats devant lui, et voilà qu'il referme son cahier et oublie tout, les œufs de poisson volant explosent sur sa langue contre le jaune d'œuf de caille et le sel du pétoncle, il ferme les yeux et il oublie la ville cafardeuse, la bouche remplie de déflagrations savoureuses il oublie le visage de Iouniverselle si triste et si hostile, en état de jouissance extrême il oublie que la vie est moche et qu'il a des ennemis.

Les ennemis véritables ne se laissent pas longtemps oublier.

Quand il marche vers chez lui dans la pénombre, Laurel discerne peu à peu des silhouettes noires glissant sur le trottoir, des spectres à roulettes. Il ralentit le pas, mais il est trop tard pour rebrousser chemin. Les silhouettes ondoient, menaçantes, dans sa direction. Sont bouclés. Sont gras. Sont cinq. Il a marché, comme un imbécile, directement au centre de leur toile.

Laurel serre contre lui son cahier rouge, dérisoire bouclier. Il les regarde décrire vers lui leurs cercles concentriques, de plus en plus proches. Soufflaki se détache du groupe et vient nonchalamment esquisser quelques glissades aériennes avant de freiner devant lui.

La rue est à l'image de l'existence, noire et indifférente. Il n'a jamais été aussi seul, mais peut-être un jour finira-t-il par s'y faire.

Soufflaki s'avance encore. Il dit quelques mots, en grec peut-être puisque Laurel ne saisit pas. Les poings serrés, prêt à bondir, Laurel le fait répéter. « *What ?* »

« Bienvenue à Montréal », dit Soufflaki. Laurel les regarde à tour de rôle : il se sent comme au théâtre, comme aux sushis devant les énigmatiques Japonais. Les cinq garçons ont bizarrement le visage barré par un sourire.

Plus tard, la nuit entre à flots dans la chambre de Laurel, mais il ne dort toujours pas. Les sanglots de sa mère parviennent indistinctement jusqu'à lui, comme un roucoulement d'oiseau exotique. Laurel ne comprend pas ce qu'il ressent, quel est ce trou à l'intérieur de lui, ce gouffre de perplexité et d'ignorance. Il a jeté son cahier rouge dans la poubelle. Il ne sait rien, il faut repartir à zéro. La seule chose qu'il sait, c'est qu'il doit se lever, maintenant, et aller prendre Pauline dans ses bras pour la consoler.

Source : Monique Proulx, *Les aurores montréales*, Montréal, Boréal, 1996, p. 157-168.

L'ALBUM DE PHOTOS

Ça s'est passé bêtement. Bref, disons qu'Édith n'avait pas lésiné sur le vin, que je m'étais repris au moment des digestifs. Lorsque Sylvie et Charles se sont levés pour partir, je demandai discrètement à celui-ci s'il ne nous laisserait pas les clés de leur maison de campagne, nous rentrerions le lendemain matin. L'idée me semblait bonne ; j'adorais l'endroit, Édith s'y plaisait.

D'abord, elle n'a pas semblé comprendre comment il se faisait que nous restions alors que nos hôtes s'en allaient. Après, quand nous nous sommes retrouvés seuls, les choses ont tourné au vinaigre. J'étais un être immonde, imbu de lui-même, qui prenait toutes les décisions sans consulter qui que ce soit, surtout pas elle, et j'avais décidé que nous ne partirions que le lendemain sans m'embarrasser de lui demander son avis. Devant cette rebuffade, alors que j'étais parti des meilleures intentions, je me suis cabré, *très bien si c'est ainsi, on rentre et pas plus tard que maintenant.*

J'ai éteint, fermé à clé, me suis installé au volant et, une fois qu'elle eut pris place, j'ai joué au cascadeur de films américains. Ce n'était pas la meilleure solution pour l'amener au calme et rétablir le dialogue. Elle en est venue aux gros mots, m'a traité de tous les noms, m'a menacé de descendre en marche si je ne lui cédais pas le volant. À l'en croire, j'avais trop bu pour conduire, elle ne se sentait pas d'humeur à se retrouver dans le paysage, ce serait donc elle qui nous ramènerait ! Mais voilà : sa conduite à elle, même sans alcool, rivalisait avec celle d'un chauffard téméraire. La dispute s'est envenimée. Lorsqu'à la suite d'une séquence d'injures bien senties, elle m'a ordonné de me ranger, déclarant qu'elle descendait là, tout de suite, qu'elle ne voulait plus rien savoir ni de moi ni de ma vie, j'ai freiné, stoppé, elle a ouvert, est sortie et a claqué la portière. À mes yeux, il s'agissait là d'un chantage indigne d'elle et de moi. J'ai redémarré en trombe, la laissant au beau milieu de la nuit en pleine campagne, à trente kilomètres de la ville.

Je serai discret sur ce qui m'est venu à l'esprit lors du trajet. C'était bien fait pour elle! Elle n'avait qu'à ne pas me chercher!

Je me suis couché sitôt entré. Non, je ne regrettais rien. Et je me suis endormi tout de suite. Bien sûr, certains rêves m'ont un peu rattrapé au cours de la nuit, mais les rêves…

Le lendemain matin, j'avais le mal de bloc et mon foie ne tolérait plus rien, pas même l'eau plate.

Je n'allais certes pas lui téléphoner, m'assurer qu'il ne lui était rien arrivé de fâcheux ou que sais-je encore? Oh non! Elle avait un sale caractère, à elle d'en subir les conséquences. Pour ma part, je me dépêtrais de mon mieux avec le vertige.

Vers midi, l'absorption d'eau m'était encore interdite. Je décidai de prendre l'air. Prendre l'air, non pas marcher! C'était encore un exercice au-dessus de mes forces. Je m'installai au volant de la voiture et démarrai d'une manière plus posée que la veille. Mais pas question que je fasse un crochet par sa rue pour éventuellement y percevoir porte et fenêtres ouvertes, ou d'autres indices de son probable retour. Pas question.

Quitter la ville, m'aérer sur une route, n'importe laquelle, me ferait le plus grand bien. Mais je n'ai pas pris au hasard. Tout en veillant à ne rien préméditer, j'empruntai la route qui conduisait à la maison de campagne.

Je roulais lentement. C'était sans raison si je regardais de-ci de-là sur le bord de la route. Je laissais mon regard s'égarer, conscient que toutes les culpabilités se donnent rendez-vous un lendemain de cuite et qu'elles trouvent pour ce faire les voies les plus retorses de l'imagination. J'atteignis enfin la maison et mon espoir secret – qu'elle ait la veille pris la sage décision d'y retourner plutôt que d'affronter les risques d'une route de campagne, la nuit –, cet espoir s'écroula.

Mais elle était vaccinée et tout et tout, tant pis pour elle!

Je suis rentré en ville, doucement, avec les yeux qui lorgnaient du côté des fossés et mon esprit qui m'inventait des talents pour la catastrophe et des remords pour le pire. Si bien qu'à peine parvenu aux limites de la ville, j'ai obliqué vers la première cabine téléphonique. Rappliquer chez elle, ç'aurait été capituler. Mais un petit coup de fil sur un ton détaché ne me semblait pas contre-indiqué. À mon premier essai, personne ne répondit. Me soupçonnant d'acte manqué, j'ai recomposé, mais avec les précautions d'un enfant qui découvre le téléphone. Sans plus de résultat.

J'ai alors compris ma méprise et me suis traité de faible. De toute évidence, elle avait deviné qui lui téléphonait; son silence, c'était une tactique. Qu'à cela ne tienne!

Je suis retourné chez moi pour y redécouvrir les effets bénéfiques d'un jus de légumes. L'ensemble du rituel salvateur m'a occupé dix minutes, pas davantage. Par la suite, je me suis baladé dans mes chaussures à l'intérieur de mon quatre-pièces. À la fin, n'y tenant plus, je suis sorti, monté dans ma voiture et j'ai roulé jusque chez elle.

Sa porte était close; toutes les fenêtres, fermées. J'ai frappé, mais sans succès. Comme j'avais la clé, je me suis permis d'entrer. Elle ne se terrait dans aucun recoin, et j'ai retrouvé ses choses dans le désordre de la veille. Par conséquent, elle n'avait pas remis les pieds chez elle.

Difficile, dans un moment pareil, de décider quel parti prendre. Le recours aux forces policières m'apparaissait un peu prématuré. Qu'aurais-je trouvé à leur dire? De plus, dans l'éventualité d'une ruse de sa part à elle, je paierais cher d'avoir mis la police à contribution.

Restait encore cette autre possibilité: lorsque ça n'allait pas, elle n'hésitait pas à trouver refuge chez papa-maman. Et ça lui ressemblait assez de chercher à m'attirer en terrain parental pour m'y humilier. Encore me fallait-il choisir: téléphoner, c'était entendre belle-maman me répondre. M'y rendre, c'était me faire ouvrir par beau-papa. Dans les deux cas, je ne voyais pas bien ce que je trouverais à dire. Mais la solution beau-papa m'apparaissait moins pénible.

Quand je sonnai, ce fut effectivement lui qui se pointa. Mais avec cette surprise cordiale qui ne cadrait pas avec une mise en scène de fille malmenée qui mobilise à des fins guerrières la junte familiale.

— Nous ne l'avons pas vue depuis que vous êtes passés ensemble hier.

Impossible de m'imaginer une feinte de sa part. J'ai inventé n'importe quoi pour me tirer de là au plus coupant; il ne s'agissait en aucune façon d'un morceau d'élégance.

Une fois dans la voiture, je me suis écroulé. Les reproches qu'elle m'aurait adressés n'étaient rien en comparaison de ceux dont je m'accablais. Dans ces conditions, le mieux, c'était encore de retourner chez moi. Et puis non. Je suis revenu chez elle, j'ai gravi l'escalier qui menait au premier. Quand, après avoir frappé, j'ai inséré la clé dans la serrure, rien ne se produisit. J'ai cru que je m'y prenais mal, j'ai réessayé. Et c'est à ce moment-là qu'entre les tentures, j'aperçus le mobilier de la cuisine, un certain désordre, la vaisselle sale sur le comptoir de l'évier. Mais rien qui ressemblât à ses affaires à elle. Voilà, je m'étais tout simplement trompé de maison. J'eus tôt fait de m'en assurer, je me trouvais bel et bien à l'endroit désiré. Sauf que sa clé n'ouvrait plus cette serrure. Et ce que j'apercevais par la fenêtre n'aurait pu d'aucune façon appartenir à Édith.

Comme alors plus rien ne m'apparaissait sensé, je fis n'importe quoi, vraiment n'importe quoi : je revins chez ses parents. Pour y croiser de nouveau beau-papa, son ton cordial, bien sûr, mais un beau-papa un peu étonné cette fois, puisque son aînée, disait-il, ne s'appelait pas Édith comme je le prétendais, mais bien Jacques et que Jacques faisait ses études à l'université où il réussissait bien, *je vous prie de me croire, mon jeune monsieur* – c'était comme cela qu'il m'appelait à présent : *mon jeune monsieur.*

J'ai dû lui paraître si obstiné qu'il s'est cru obligé de me conduire devant le foyer sur le tablier duquel trônait le portrait de famille, *mes enfants, tous mes enfants,* insistait-il, alors que le cliché ne montrait pas la moindre trace d'Édith.

La suite, je l'ai anticipée. Je rentrerais chez moi, je me précipiterais vers le tiroir de ma commode, celui où j'entasse toutes sortes d'objets qui me sont chers. Et mon album de photos comporterait des trous par rapport à mes souvenirs, des pages en moins, ou alors des pages sans photographies, sans le moindre cliché d'Édith, je l'aurais parié.

J'aurais gagné ce pari. Jusqu'à ce téléphone, celui d'Édith.

– N'oublie pas que ce soir, nous mangeons avec Charles et Sylvie, à leur maison de campagne.

Source : Bertrand Bergeron, *Visa pour le réel,* Québec, L'instant même, 1993, p. 25-30.

PARIS-MONTRÉAL

C'est donc le moment des grands adieux?

Y avait-il de quoi rire autant? Riait-il parce qu'il craignait qu'elle ne pleure? C'était bien pour cela qu'elle se taisait, elle, parce que l'intérieur de son cou, là d'où vient la voix, s'était resserré au point que ni l'air ni la salive n'y passaient. En même temps, le sang s'y précipitait comme s'il cherchait une blessure par où s'échapper. Elle savait ce que c'était, cela ne s'oublie pas, mais elle en ressentait de la surprise. Depuis des années, cela ne lui arrivait plus qu'au cinéma, devant des malheurs fictifs, et encore fallait-il que le film fût bien ancien.

L'avion est en plein ciel. On a l'impression de s'installer paisiblement. C'est seulement le décollage qui effraie avec son bruit d'embarquement pour l'enfer. Les voisins sont des Boches. Boche à gauche, Boche à droite. Ça se parle en boche par-dessus elle et par-dessus le passage.

Un film bien ancien. C'est ce qu'il lui faudrait, en ce moment, un vieux film de Garbo. Un film-éclusier, *Mata-Hari,* tiens, et les yeux qu'on avait à quinze ans, alors que la précipitation était facilement considérable. Maintenant, c'est le Sahara, et les larmes sont un mirage qu'on ne rejoint jamais.

En descendant l'avenue de Wagram, elle avait retrouvé un peu sa respiration, et le taxi où elle était seule – car on croit toujours que les adieux seront plus pénibles à la gare mais c'est encore bien plus pénible d'y être seule – avait passé la place de l'Étoile sans qu'elle en pensât trop rien. Puis les Champs-Élysées. Au Rond-Point, elle s'était retournée. C'est le spectacle le plus poignant qu'elle connaisse: les Champs-

Élysées qui s'allongent derrière celui qui quitte Paris le soir. On dirait un ciel où toutes les étoiles sont filantes. Le jardin. Les fontaines illuminées. Et soudain, elle a retrouvé son cou de tout à l'heure, plein de cris qui n'en sortiront pas. L'avenue Alexandre-III. On laisse Paris, c'est dommage, par son pont le plus laid. On laisse Paris car, après le pont, c'est fini: c'est la gare des Invalides dont on ne voit qu'une sombre cave, c'est l'autocar d'Orly et ses strapontins du milieu d'où on ne reconnaît rien. Les strapontins dévolus aux retardataires.

C'est donc le moment des grands adieux?

Grands adieux égalent strapontins et ce qui reste de Paris défile incognito derrière des épaules et des chapeaux. D'un côté, il y a les Boches qui l'encadreront tout à l'heure et de l'autre, un couple montréalais. L'homme du couple est ivre et il entend que nul n'en ignore. Il est venu démontrer aux Parisiens que les Canadiens ne sont pas plus bêtes qu'eux. Il s'en va rassuré et il s'en explique à l'autocar tout entier. Folies-Bergère et re-Folies-Bergère.

– Y me connaissent dans ce coin-là.

C'est en s'asseyant entre les deux Boches, dans l'avion, qu'elle s'est aperçue de son oubli. Son manteau est resté dans la penderie, ses gants dans une poche et son carré de soie bleue dans l'autre.

C'est donc le moment des grands adieux?

Juste comme elle allait prendre son manteau. C'était un bon vêtement qui pouvait donner encore de l'usage. Ç'a été le moment des grands adieux et le manteau est resté dans la penderie. Elle aura froid en arrivant à Montréal où sa fille l'attend. Ç'a été le moment des grands adieux et, dans tout le vaste monde, il n'y a plus eu que sa fille pour l'attendre.

Quand elle est devenue veuve… C'est une bizarre chose que le veuvage. Pleine d'illogisme. Il y a un lien, fort, un câble.

Autour, des milliers de petits liens qui, tous ensemble, valent bien plus que le câble. Tout cela est éternel, on est à l'ancre pour la vie, on est un couple indissoluble. Et puis, pfft! Il ne reste que de vieux vêtements qu'on donne, des papiers qu'on brûle, on déménage et on est une autre sans l'avoir voulu. Il arrive que celui qu'on appellera désormais si justement le disparu laisse cet étrange héritage: l'enfant d'un mort. Un enfant qui, jusque-là, avait appartenu indivisément à deux personnes. Du jour au lendemain, elle l'a eu à elle toute seule, si bien qu'elle se sentait déconcertée par cet héritage. Elle n'avait pas souhaité cela, mais c'était arrivé. Cela semble immoral que de posséder un être humain à soi tout seul. On se sent un peu accablé et, tout à coup, presque tout de suite, on s'aperçoit qu'on a décidé de ne jamais plus le partager.

Un quart de champagne, des viandes froides, des asperges en sauce hollandaise.

Pour un peu, elle se croirait revenue deux mois en arrière, assise devant le même repas, alors qu'elle s'en allait, sans savoir, au-devant de cet amour de vacances. C'est la même galantine flanquée de deux cornichons et l'eau d'Évian en conserve qui jaillit et vous inonde quand on perce la boîte à cause d'un phénomène dont elle ne sait pas bien l'explication mais qui doit ressortir à la pression atmosphérique. Il y a l'inévitable mère italienne avec sa couvée sanglotante. Italienne ou espagnole. Canada. Moi veux vivre Canada. Bien sûr. Et toi fileras aux États-Unis dès que faire se pourra. En attendant, fais taire ta marmaille. Elle hait le monde entier, ce soir.

Pourquoi ne passes-tu pas l'hiver à Paris?

Il lui a donné octobre et novembre. Elle croyait que c'était tout ce qu'il avait, deux mois. Il paraît que non. En plus d'un automne, il avait encore un hiver à offrir et, peut-être, au bout de l'hiver, un printemps, un été, pourquoi pas? et d'autres saisons, d'autres saisons. Qui pourrait le dire maintenant? Maintenant que sa fille l'attend à Montréal.

– Sale Boche. Pouvez pas faire attention? Sale Boche.

La voilà, de la tête aux pieds, rincée à l'eau d'Évian bien rafraîchie. Entre ses dents, elle continue de marmonner quelques «sale Boche». Les deux voisins gardent les yeux baissés sans qu'elle puisse savoir s'ils comprennent. Cela se dit peut-être Bochen en allemand, mais elle ne peut guère le leur demander, faute de quoi elle s'éponge ostensiblement. Une belle fille aux traits battus d'une fatigue chronique reprend les plateaux vides.

Déterminés à avoir l'étrenne des toilettes, quelques passagers se précipitent pendant que l'homme du couple montréalais réclame encore du cognac.

– Vos petites bouteilles, ça va pas loin.

Tous les passagers de gauche regardent par les hublots, puis c'est le tour des passagers de droite. Il doit y avoir, dessous, quelque chose qu'on survole, ville ou paquebot, selon qu'on est arrivé, ou non, au-dessus de la mer. D'où elle est, elle ne voit pas mieux que tout à l'heure sur son strapontin et on pourrait bien croiser des troupes d'anges sans qu'elle aperçoive même une plume.

– Je vous l'ai dit que vos bouteilles, ça allait pas loin.

Le steward semble perplexe. Où s'arrête le bon client et où commence l'ivrogne?

– C'est notre dernière, annonce-t-il à l'animal pendant qu'il est encore, peut-être, raisonnable.

Le visage de la femme du couple grimace un pauvre sourire reconnaissant.

– Oui, je suis connu à présent, à Montmartre. Quand j'y retournerai…

Il ne voit pas trop bien ce qui se passera quand il y retournera et, pendant qu'il hésite, le contenu de la petite bouteille a passé dans son verre de sorte que, subitement, l'homme n'a plus rien à dire.

La belle fille fatiguée distribue les plaids.

Quelques passagères reviennent de la salle de toilette, le visage nu, la brosse à dents à la main pour bien montrer aux émigrants qu'en Amérique on se lave les dents même avant une nuit qui ne sera pas une vraie nuit.

Presque toutes les lumières sont éteintes et les passagers près des hublots regardent une dernière fois s'il y a quelque chose à voir dessous. Pour elle, la dernière chose, ce fut les Champs-Élysées qui se déroulaient derrière le taxi comme une moquette piquée de brillants. Si elle s'était aperçue de son oubli, à ce moment-là, peut-être bien aurait-elle rebroussé chemin. Elle aurait, peut-être bien, raté l'avion. Et puis, qui sait ? elle aurait, peut-être bien, passé l'hiver à Paris.

– C'est pour ta fille que tu pars ? À vingt ans, elle n'a plus besoin de toi.

Plus besoin d'elle ? Mais sa fille aura toujours besoin d'elle. Elle n'est pas très jolie, et qui pourrait l'aimer plus, l'aimer mieux, l'aimer pour toujours ?

Quand elle est devenue veuve… C'est donc le moment des grands adieux… Jupe encore humide d'eau de Vichy… non, pas Vichy… Sale Boche… L'avion ronronne comme un chat qui s'endort…

Une odeur de chocolat. Une petite chose poisseuse et chaude sur son visage. Un des enfants italiens a profité du sommeil de sa mère pour courir dans le passage et il a pris appui où il a pu. Maintenant, il crie de surprise à cause de la gifle reçue. Les Boches ouvrent les yeux et échangent par-dessus elle quelques phrases où le blâme se devine. La mère italienne ne s'est pas éveillée et cela aussi semble les scandaliser. Puis ils se calment et referment les yeux.

Elle ne dormira plus. Elle essaie de penser au bonheur de retrouver sa fille, mais elle se perd dans sa peine.

Elle s'y remet : « Ma petite fille » et chaque tentative la ramène à ses amours de vacances.

C'est donc le moment des grands adieux ?

Pourquoi ne passes-tu pas l'hiver à Paris ?

Pendant qu'elle se croyait au début de la nuit, voilà que le jour se lève, lentement, car on lui court après. Il faut qu'elle ait encore dormi pour que le temps ne lui ait pas duré davantage. À l'aller, on courait au-devant du soleil et on l'a rencontré brusquement. La vieille Boche, à côté d'elle, sort du sommeil, s'ébroue, retrousse ses manches et dénude, en ce faisant, un numéro tatoué sur le haut de l'avant-bras. La marque commune aux rescapés des camps de concentration. Que fait-on de tant de rougeur ? Comment cache-t-on l'onde pourpre que suscite un tel spectacle ? Elle sent son cœur qui se défait dans sa poitrine et elle voudrait se voir à cent lieues. Elle sourit, timidement, et pour la troisième fois, en peu d'heures, elle se sent menacée par les larmes.

— Vous avez bien dormi ?

Sa voisine s'exprime en un anglais approximatif où les w sont prononcés comme des v, si bien qu'un quart d'heure après on est en pleine leçon de phonétique anglaise.

— Vous m'avez prise pour une Allemande ?

— Hier, oui. Ce matin, j'ai vu votre bras…

— Je m'en vais vivre au Canada et je ne veux plus jamais parler de cela.

– Ça s'enlève, les tatouages.

Mais la femme serre une main convulsive sur son bras.

– Non! je veux le garder. Il faut le garder pour que ça ne recommence jamais.

Pauvre vieille femme naïve, pendant que tu parles, combien de bras se font percer la peau par les aiguilles à tatouer?

– Nous arrivons au-dessus de Montréal. Tous les voyageurs sont priés d'attacher leur ceinture.

L'hôtesse, les traits plus tirés encore qu'au départ, passe les bonbons acidulés.

– Vous êtes attendue à l'aéroport? s'enquiert la voisine.

– Oui, ma fille m'attend.

Elle a répondu cela avec joie. Elle sent, tout à coup, son amour maternel plus lourd que l'autre amour. Passer l'hiver à Paris, quelle folie! Quand elle sait bien avec quelle impatience elle est attendue.

Ça, c'est vraiment l'atterrissage. On a, quelques secondes, l'impression de descendre tout en laissant son cœur là-haut et puis on le retrouve. On ne l'a laissé ni là-haut ni à Paris. L'homme du couple montréalais passe près d'elle et lui souffle au visage une haleine tue-mouches. On descend. On pénètre dans l'aérogare. On marche, on marche, on marche.

– Y m'avaient pas dit qu'on faisait la moitié du voyage à pied, s'écrie le Montréalais qui, voyant que les gens rient, répète son mot une douzaine de fois, après quoi il semble étonné que personne ne rie plus.

Elle doit, une fois de plus, exhiber son passeport dont la photo a été tirée par un photographe assassin qui lui a donné le masque de la mort.

Puis c'est la douane : des fichus pour sa fille, des parfums pour sa fille, des bijoux pour sa fille, et c'est enfin la salle des pas perdus.

Passer l'hiver à Paris ? Quelle folie ! Elle embrasse à n'en plus finir un visage singulièrement embelli. Elle le dit et la petite allonge, en réponse, une main où brille un gros diamant. Un garçon, qui attendait non loin, s'approche en souriant niaisement.

Ils la font monter dans une voiture étrangère et dont elle décide, sans attendre, qu'elle lui restera étrangère.

– Tu n'as pas ton manteau, maman ?

– Je l'ai oublié à Paris.

– Tant mieux. C'était un manteau affreux.

– Et tu m'avais laissée partir avec un manteau affreux ?

– Maman !… tu as passé l'âge des conquêtes. Ça n'avait pas d'importance.

Le grand garçon sourit toujours niaisement. Il annonce, comme si de rien n'était, qu'il est Australien et, qu'après le mariage ils iront vivre, sa femme et lui, dans son pays.

Pourquoi ne passes-tu pas l'hiver à Paris ?

Tournée vers la portière, elle voit défiler d'étranges maisons dont les murs se boursouflent et se creusent, dont les portes et les fenêtres sont toutes de guingois, et c'est ainsi qu'elle s'aperçoit que, cette fois, elle pleure. Un moment, elle craint, bien vainement, que sa fille ne le remarque. Les deux fiancés sont retournés dans le monde cloîtré des fiançailles dont son retour ne les avait tirés que pour peu d'instants.

C'est donc le moment des grands adieux ?

À la maison, elle a tiré de ses sacs de voyage les bijoux, les parfums, les colifichets.

– C'est merveilleux, maman, on dirait que tu as deviné que j'allais me marier. Je vais faire de l'effet, en Australie, avec tout ça.

Et pourquoi pas chez les Canaques? C'est des anneaux pour le nez qu'elle aurait dû apporter!

Quand les sacs furent vides de cadeaux, ils sont partis tous les deux et elle est restée seule à ranger ses effets.

Vers le soir, la sonnette de la porte d'entrée a tinté. Un jeune garçon lui a tendu un câblogramme. « Expédie manteau par courrier ordinaire. »

Source: Claire Martin, *Toute la vie*, Québec, L'instant même, 1999, p. 75-84.

BLEUES

L'autobus est enfin arrivé. Il était grand temps. J'étais gelé, mal vêtu que j'étais. Je n'avais pas prévu que le temps renfroidirait à ce point-là, si vite, la noirceur tombée. J'entendais une voix (la mienne? une autre?): « Je te l'avais bien dit… »

Je suis embarqué, j'ai secoué mes bottes enneigées, ce que d'autres passagers avaient fait avant moi, à en juger par l'amas de sloche qui enduisait déjà les marches.

J'ai glissé la monnaie dans le réceptacle, en tâtonnant, mes lunettes s'étant embuées au brusque changement de température. Blanc Marienbad. Une opacité qui n'en finira plus. Pourvu que ça ne tache pas!

Plus bizarre encore que Marienbad ce que j'ai vu par-dessus les lunettes en cherchant un siège des yeux: au lieu des durs sièges bleus surmontés d'une barre métallique, des causeuses, bleues certes, mais des causeuses!

Des causeuses généreusement capitonnées, leurs grassouillets dossiers bleus couverts du dessin fané de fantasques palmes. Derrière les causeuses, une lourde tenture bleue entrouverte laissait deviner un compartiment arrière – une salle?! De chaque côté, un papier peint bleuté glissait du rebord des vitres jusqu'à terre. Au sol, un épais tapis bleu. Assis de-ci de-là, des passagers, seuls, paradoxalement seuls, chacun sur sa causeuse, silencieux, qui les yeux vides, qui jetant un regard distrait aux autos, de l'autre côté de la vitre, qui lisant.

Comme personne ne semblait avoir remarqué mon entrée, j'ai remonté l'allée lentement, cherchant à y reconnaître quelqu'un, une femme (peut-être), partager sa causeuse, lui demander (peut-être) avec de grands gestes : « Madame, me feriez-vous l'honneur de m'accorder cette place ? »

À ma droite, une femme que je ne connaissais pas lisait *Le spleen de Paris*. À ma gauche, un peu plus loin, un homme visiblement terrorisé s'agrippait aux *Nouvelles histoires extraordinaires* d'Egar Poe, à ces pages (peut-être) du « Masque de la mort rouge ».

J'ai eu tôt fait de parvenir à la tenture et, puisque personne ne semblait me l'interdire, de m'introduire dans la pièce suivante.

L'ameublement, un alignement de fauteuils – disons du Louis XIV car je n'y connais rien –, ces fauteuils Louis XIV, donc, m'ont donné à penser qu'il s'agissait d'une antichambre pourpre, assez faiblement éclairée.

Je me suis assis dans l'un des fauteuils Louis XIV qu'aucun écriteau, qu'aucun cordon ne protégeaient des visiteurs. En regardant du côté du passage ménagé dans la tenture, je me suis rendu compte de ce qu'elle était pourpre de ce côté, tout comme la moquette et le tissu des fauteuils. Même la porte à moitié ouverte entrebâillée sur une nouvelle pièce (peut-être) était couverte d'arabesques pourpres.

Comme je détaillais les fignolages, j'ai entendu une voix de femme sortir de cette autre pièce :

– Alors, mon canard, il est beau le septième ciel ?

Ma curiosité l'a emporté sur ma discrétion : j'ai tendu l'oreille, l'air de me concentrer sur un fion de la porte.

La voix reprenait :

– Tu sais, mon gros lapin, Malarmé disait que la danseuse n'est pas une femme qui danse, car ce n'est pas une femme et elle ne danse pas.

Une voix d'homme répondit, inquiète :

— Mais, mademoiselle, je suis un homme marié, je suis un honnête père de famille, j'ai une maison à Charlesbourg, moi, je…

Puis, plus rien.

Au bout d'un moment, j'ai toussoté, façon de m'annoncer, et je suis entré. La pièce, verte cette fois, donnait meilleure part aux lumières de la rue. Au fond, un immense lit, qu'on aurait dit grand comme la mer. Un lit à baldaquin triomphant dans un assemblage de boiseries, de tapisseries, de papier peint à teintes vertes, d'étoffes vertes au dessin fané de palmes gonflées de sucs. Et des peintures, et des sculptures ! Un divan Louis XIV où on semblait s'être assis quelques minutes auparavant, un parfum qu'on semblait avoir laissé en gage de retour.

Le parfum, les sculptures disons érotiques, les peintures un brin licencieuses, les ébats faunesques des tapisseries, le jade et l'émeraude que je ne manquerais pas de trouver au cou de quelque nymphe, les sirènes de toutes matières, Galatée, Salomé, Aphrodite, Vénus, Cypris, Callipyge, tout cela concourait à donner au lieu un air de lupanar princier. Les arts appliqués quoi ! J'étais séduit, allumé, fiévreux. À moi toutes ces Vénus, vite !

J'ai dû laisser flotter mes mains un long moment sur les palmes gorgées, sur les vagues soyeuses de la mer intérieure, sur la mousseline écumeuse des oreillers, avant de remarquer tout à côté du lit une longue corde tressée, terminée par un pompon vert. Une de ces cordes pour appeler Firmin ou mieux…

J'ai tiré. Une porte masquée dans le mur s'est ouverte, je l'ai franchie et je me suis retrouvé en pleine rue Saint-Jean, à côté de l'église Saint-Jean-Baptiste et de sa longue flèche verte.

Source : Gilles Pellerin, *Les sporadiques aventures de Guillaume Untel*, Québec, Asticou, 1989, p. 21-24.

LA MAISON

> *À Benoit Jutras, qui connaît*
> *l'art de visiter une maison aban-*
> *donnée comme s'il avait fait ça*
> *toute sa vie. D'ailleurs, c'est lui*
> *qui m'a dit d'entrer.*

Un village oublié, un mouroir, un lieu que l'on quitte comme on se débarrasse de ses dessous dans la poubelle d'une chambre de motel surchauffée après avoir dévalisé le mini-bar, à cause des souvenirs qui reviennent à l'esprit chaque fois qu'on les enfile et qu'on remet les pieds dans cette chambre. On n'y trouve qu'un seul motel, un restaurant, une petite gare reconvertie en boutique d'artisanat où l'on peut acheter un édredon piquant et de vieilles cartes postales écornées. Même si la nuit, à Rivière-Bleue, il fait noir, il est facile de repérer le Cygne blanc pour y louer une chambre. Les rares lampadaires ne sont pas là pour enjoliver le paysage, mais pour éclairer le fossé, pour pointer l'arbre, pour que vous puissiez lire les affiches et rester en vie.

On repère immédiatement deux enseignes lumineuses Un peu au nord, il y a ce cygne aux plumes cotonneuses qui dérive sur un étang fluorescent. Un lettrage mal choisi hurle que l'endroit est vacant, et qu'il est possible de visionner un film XXX vingt-quatre heures sur vingt-quatre dans une chambre climatisée où l'on gagne le sommeil sous l'œil attentif d'un caniche brodé, logé dans un cadre de mélamine et où l'on s'assoupit entouré de natures mortes, de peintures de lacs jaunis, de paysages automnaux traversés d'outardes toujours bien grasses. En plein cœur du village, la croix de l'église clignote, comme pour annoncer un casino, un bar, un restaurant de pizzas à 99 cennes. À intervalles irréguliers, là où se croisent la traverse et le poteau, un visage de martyr apparaît brièvement. On croit voir le Christ, les yeux virés au ciel, la tête surmontée d'une auréole de néon mauve très lumineux.

Le Transcontinental divise la nuit en trois. Les rails se mettent à vibrer vers deux heures du matin, puis un peu plus tard, à cinq heures. Ça peut être long avant de s'y habituer. De l'autre côté de la voie ferrée se trouve un camping oublié. On fait comme s'il n'existait plus, laissant croître les herbes sur le terrain sablonneux. Dans les racines exhumées, des sauterelles font entendre des bruits de brindilles cassantes et de bulles crevées. Un vieil autobus scolaire rouille au milieu du parc pour enfants. Quelqu'un a arraché le volant et deux ou trois bancs, mais la croix et le petit sapin odorant sont toujours suspendus au rétroviseur.

Comme si de rien n'était, comme si ce n'était la faute de personne.

Tout ici respire l'attente, suggère le passé, l'abdication. Le village s'est immobilisé et la rivière ne court plus. De petites fleurs laiteuses percent l'eau brunâtre dont on imagine mal qu'elle fut bleue un jour. Tout ça pour dire que la maison abandonnée du rang des Peupliers apparaît bien plus à sa place qu'on ne l'est soi-même à essayer d'imaginer ce qui gît dans le jardin desséché.

Au deuxième étage, les rideaux sont tirés. Au premier, des cartons et de la bourre bloquent la vue sur l'extérieur, sauf sur le flanc de la maison où une petite ouverture dans le papier sec suggère que quelqu'un a voulu regarder dehors, s'est senti étouffé, comme piégé dans une boîte. La véranda est en vieux bois gris, on dirait de la cendre vernie, et la porte arrière est déverrouillée. De chaque côté du tapis délavé, les pivoines ont des airs de fougères malades. Les rares personnes à s'être aventurées dans la maison n'y sont pas restées long-temps. À cause de l'engourdissement à la nuque, sensation désagréable qui se manifeste aussitôt la porte refermée der-rière soi. La moisissure sans doute, incrustée dans le plâtre des murs, une espèce de fongus aigrelet qui vous prend à la gorge, vous fait suffoquer et entrevoir des déplacements d'air.

Il fait plus froid à l'intérieur qu'au dehors.

Dans le salon, les meubles vieux d'un demi-siècle ont été renversés puis recouverts de draps blancs. Il y eut ici bien des cadres suspendus aux murs, probablement des photos de famille. Des carrés pâles laissent deviner leur emplacement, un ton sur ton déployé dans une palette café crème. La cuisine est vide, à l'exception d'une tasse infectée et d'un chaudron cramé oubliés sur le comptoir. Une libellule aussi longue qu'un petit doigt se décompose dans le lavabo, les ailes détachées en deux larmes coagulées.

Il n'y a plus d'eau dans les tuyaux.

À l'étage, la maison n'a pas été condamnée, comme si l'entreprise avait été abandonnée en cours de route, qu'on avait dû quitter les lieux en vitesse, sans même prendre le temps de verrouiller la porte. Il y a trois chambres : celle des maîtres où, au pied du lit, trois chemises ont été pliées avec soin et méthode ; une autre pour les invités, décorée d'un im-mense aquarium rempli au quart, bordé d'algues et de mousse jusque sur les parois extérieures. La troisième était occupée par une fillette d'une dizaine d'années qui adorait la couleur rose et l'équitation. Dans ces chambres évanouies, des couches de poussière recouvrent les meubles et le tapis, on la trouve ramassée en boules dans les coins, en pelotes d'une ouate lourde et argentée qui continuent de ballonner avec le temps. Au cours des hivers passés, la poussière près des fenêtres a gelé en plaques. Quand on tape dessus, un bruit sourd s'élève avec un léger décalage et les morceaux fibreux se détachent comme lorsqu'on tranche une figue ou le foie d'un canard.

Par la fenêtre de la salle de bains, on distingue clairement une silhouette affaissée au milieu du jardin – un épouvantail renversé, le visage enfoui dans la terre – qu'on repère d'abord d'un œil inquiet. L'homme de paille est vêtu d'un pantalon d'enfant et d'un petit veston de concours hippique junior. Au fond des toilettes, dans le trou, une musaraigne toute molle est morte d'affolement en tentant vainement de sortir par où elle était entrée.

À moins que ce ne soit une petite taupe effarouchée.

Personne ne s'en fait plus avec ces détails, depuis longtemps.

Reste encore la cave.

De larges plaques de verre sont encore appuyées contre le mur, mais les tubes pastel ont roulé par terre dans un fracas cristallin. On est dans l'atelier d'un homme qui fabriquait des enseignes de néon et aimait les *playmates*. Le montage étourdissant de pin up aux hanches arrondies, ce patchwork de bimbos ankylosées à l'air enjoué, aux joues empourprées, suggère que celui qui travaillait dans cette pièce est mort bien avant l'avènement du *hard* et de l'épilation complète des corps. On l'imagine enfant, un peu assommé par le spectacle de sa mère castrant les coquelets d'un coup d'ongle, ravi par une simple boule de crème glacée à la vanille balancée dans un verre de Coke, mangée en pyjama le soir sur les marches de l'escalier de la véranda en flattant la tête d'un petit chien bâtard.

Sous la table où il taillait la vitre et manipulait les néons que l'on voit fixés aux cadres des vitrines d'à peu près tous les commerces des villes et villages environnants, de Pohénégamook à Rivière-du-Loup, sans oublier Cabano, un vieux tapis industriel où il vaut mieux ne pas se déplacer pieds nus, à cause de la poudre de verre et des tessons disparus dans la fibre. Sous ce tapis, des planches de bois brut, avec des nœuds comme des visages de vieillards tourmentés. Il faut savoir laquelle soulever pour avoir accès à une poignée très discrète, que l'on pousse d'un coup sec en direction du sol, ou plutôt du sous-sol, car on est alors sous la terre, dans un trou creusé comme une cachette secrète où l'on peut déposer son héritage dans un coffre-fort avant d'en faire disparaître la clé dans le tiroir à clous, les journaux intimes d'une vie entière, des lettres d'amour dans une boîte qui a jadis contenu des sablés en forme d'anges, de sapins, de couronnes et de cloches. Des hommes s'y sont réfugiés en temps de guerre, emportant avec eux une radio qui n'a pas capté grand-chose. On peut y abriter une maîtresse. On peut aussi, comme c'est le cas ici, déposer dans ce caveau, respectivement, les cadavres d'une fillette et de ses parents achevés à la carabine. Carabine sur laquelle, en se donnant la peine de chercher, on découvrirait les empreintes d'une femme qu'on a vue, parfois, réserver une chambre au Cygne blanc et attendre la visite d'un homme. Dans une chaudière de métal, près des corps rongés par les rats, on retrouverait les lambeaux carbonisés de sous-vêtements féminins parmi lesquels on reconnaîtrait au moins les cerceaux et l'agrafe d'un soutien-gorge. Une seconde chaudière contenant une mixture chlorée destinée à faire sauter la maison est désormais figée en un ciment blanchâtre.

Le plan de dynamitage a échoué mais la maison, comme le village, comme ce crime, s'enfonce dans l'oubli avec la nonchalance des chaloupes glissant sur l'eau tranquille du lac Beau, à n'importe quelle heure la journée.

Source: Marie Hélène Poitras, *La mort de Mignonne et autres histoires*, Montréal, Triptyque, 2007 (2002), p. 93-101.

LA MORT EXQUISE

> *Le cerveau dans la*
> *décomposition fonctionne*
> *au-delà de la mort et ce sont*
> *ses rêves qui sont le Paradis.*
> Alfred Jarry

Se rappeler le cours des événements devient de moins en moins possible : l'actuelle joie d'Hermann Klock rayonne avec tant d'autorité qu'elle rejette dans l'ombre tout ce qui l'a précédée, si extraordinaire et marquant cela fût-il, et ne laisse plus d'existence à autre chose qu'elle-même. Simultanément, elle entrave les efforts de mémoire qu'Hermann Klock tente encore, mais qu'il ne tentera plus longtemps : il sent que sa joie lui fait oublier peu à peu jusqu'au goût de se souvenir.

A-t-il même jamais porté un nom ? Celui du botaniste Hermann Klock ? Celui d'Heinrich Schliemann ? Ou celui de n'importe qui ? Le souvenir de son nom, ou plutôt son nom lui-même le quitte, quand le nom *est* peut-être la personne qui le porte. Ah ! il faut pourtant que le nom ne soit qu'un signe, il le faut, pour permettre, à ce qui s'est possiblement appelé Hermann Klock, d'espérer que sans nom il vit encore !

Mais, en fin de compte, cela aussi perd insensiblement son importance. Pour lui désormais rien n'est remarquable, après son bonheur, sinon ce passé qui s'estompe avec une telle régularité qu'à brève échéance il finira sûrement par sombrer corps et biens dans le néant de ce qui n'a jamais existé ; il n'y aura pas non plus d'avenir, mais seulement un présent sans cesse recommencé d'indicible bonheur.

Avant de confier ses dernières bribes à une sorte de brouillard qui les absorbe, le passé s'effiloche et prend l'allure de choses immensément lointaines dans le temps et dans l'espace. Et le cerveau d'Hermann Klock conserve encore juste assez de ses mécanismes habituels pour s'étonner, sans plus, que la nature globale de son expérience se fractionne à l'infini en éléments disparates et étrangers qui appartiennent en même temps à d'autres et à lui; ou plutôt il devient les autres qui deviennent lui; son aventure est arrivée à tous; c'est, par exemple, un légionnaire de Varus qui se penche avec lui sur une fleur germaine et chinoise, c'est le duc de Lauzun qui porte la petite boîte métallique du botaniste. Son aventure, qui a dû pourtant être très précise et précéder de peu la joie présente, se désagrège et diffuse ses éléments aux quatre points de la pensée et du monde en faisant de lui, Hermann Klock, tous et tout, partout en même temps.

Parfois, dans un reste de perception personnelle rapide comme une flèche, il lui revient, non pas l'image, mais l'odeur humide d'une forêt tropicale peuplée de bruits et de pénombre; il revoit un instant l'envol des voûtes végétales d'où pendent des lianes qui accrochent leurs festons aux chapiteaux des verdures. Mais était-ce en Afrique ou en Asie? En Allemagne ou au Brésil? Le souvenir se perd à peine entrevu. Était-ce bien lui, Hermann Klock, botaniste d'Heidelberg, qui se frayait un passage dans cette forêt avec son matériel scientifique? D'abord, portait-il le prénom d'Hermann et le nom de Klock? Était-ce bien lui qui voulait étudier sur place la *Carnivora Breitmannia* découverte par Breitmann, son vénéré maître disparu en mission? Était-ce lui ou un autre? Ou bien personne? S'agissait-il vraiment de la *Carnivora Breitmannia*? D'ailleurs existait-elle seulement? Comment être certain qu'elle avait été découverte, et par Breitmann? Qui était ce Breitmann? L'avait-il eu pour maître et l'avait-il vénéré? Et lui, dans la mesure où il est, était, avait été le botaniste Hermann Klock, était-ce bien sur place qu'il voulait étudier la

Breitmannia ? Voulait-il l'étudier ou tout simplement s'en faire un bouquet ? La fleur du reste poussait-elle dans cette forêt, et Klock l'y trouva-t-il ? Si jamais, évidemment, la *Carnivora Breitmannia* a existé, ne serait-ce qu'un tout petit instant, et a été découverte par Breitmann... si Breitmann a existé, a été botaniste... si un nommé Hermann Klock a existé lui aussi, a été botaniste, a connu Breitmann et ensuite la *Breitmannia*... si celle-ci a jamais existé, ne serait-ce qu'un tout petit instant, et a été découverte par Breitmann...

En vérité, la réalisation de tant de conditions, au même moment de l'histoire, apparaît bien improbable.

Son cerveau fabrique maintenant des notions inhabituelles dont la bienheureuse évidence chasse peu à peu, par le doute, puis par la négation, les images d'auparavant.

* * *

Soudain, pour l'ultime fois, il est donné à Hermann Klock de se revoir, avec une déchirante précision qui ranime d'un seul coup les souvenirs de sa vie antérieure, il est donné à Hermann Klock de se revoir, un instant, penché sur un splendide spécimen de *Carnivora Breitmannia*. (Les revues savantes ont abondamment décrit, vers 1935, lors de sa découverte en Amazonie par Breitmann, cette fleur dont la corolle au repos ressemble à un globe rosâtre, fendue en son milieu, mais non pas jusqu'aux sépales ; au sommet, les lèvres de la fente ne s'appliquent pas étroitement l'une sur l'autre et ménagent ainsi un espace, comblé par des friselis légers et sensibles, d'un rouge ardent, semblables à de minces crêtes de coq plissées, et où se dressent huit antennes comparables aux barbes des félins.)

Le spécimen qui arrêtait Hermann Klock était admirable de dimension, et même de texture, selon ce que la vue pouvait sentir seule, sans le secours du toucher qui eût pu être dangereux ; mais son coloris surtout l'emportait sur le rose fade de la *Breitmannia* ordinaire ; elle montrait un rose soutenu, par endroits assez proche du rouge de la viande, et qui devenait, près des friselis, d'un pourpre violacé à reflets noirs. L'enthousiasme s'emparait d'Hermann Klock. Était-ce là une variété inconnue à ce jour et qu'il pourrait révéler au monde sous le nom de *Carnivora Breitmannia Klockiana* ?

Il chercha fiévreusement dans l'humus un insecte pour s'en servir comme appât ; il se vissa dans l'œil une petite lorgnette de bijoutier qu'il avait toujours sous la main dans sa boîte métallique. Attentif au plus haut point, l'œil en alerte pour observer l'intérieur de la corolle au moment où elle s'ouvrirait, il approcha l'insecte des antennes.

Que se passa-t-il ? Il n'en sait plus trop rien. Si, il commence à se souvenir. Peut-être. Un peu. Toutefois, dans sa mémoire qui se liquéfie, cela semble s'être déroulé, non pas à un seul endroit et brièvement, mais pendant des siècles à l'époque Ming, dans la Colonia Agrippina, aux Îles Fortunées, concurremment et successivement.

Un grand bruit l'a d'abord fait sursauter sans pour autant que son œil quittât sa lorgnette ; celle-ci lui montra, grossi une cinquantaine de fois, un gouffre rouge et duveteux, maintenu par des arcs-boutants d'une glu jaunâtre, tapissé de pustules et d'excroissances charnues semblables à des stalactites et à des stalagmites. D'étonnement, Hermann Klock oublia de payer le prix d'un tel spectacle et laissa tomber son appât par terre ; mais son œil fasciné ne quittait pas la caverne restée ouverte d'attente, ni, au fond, le trou noir qui communiquait avec les mondes souterrains.

Chose curieuse, il se rappelle tout à coup, maintenant que l'exercice de sa mémoire est pourtant si difficile, une réflexion que son esprit avait alors à peine eu le temps de se formuler :

– Par mon bout de lorgnette, je *la* regarde, grossie cinquante fois, et on dirait que, par l'autre bout, elle me regarde, rapetissé d'autant…

Le bruit sec qui éclata à ce moment comme une détona-
tion, et la lumière qui creva le feuillage avec une force et une
soudaineté telles qu'elles rappelaient l'éblouissement de
l'éclair, lui firent cette fois-ci perdre pied (peut-être). À moins
qu'il ne se fût lui-même laissé aller ? À moins qu'il ne fût
poussé, tiré, happé ? Comment savoir ? Et d'ailleurs cela
l'intéresse si peu maintenant, cela tombe à jamais dans un
doute, dans une négation insondables.

* * *

La mort (ou la vie) n'est plus qu'un instant éternel des
plus ultimes délices. Plus rien n'existe désormais sinon de
voguer ici, à l'intérieur, sur des ondes sirupeuses, au gré des
spasmes et des stalagmites flexibles qui gouvernent Hermann
Klock, le malaxent, le lèchent, le liquéfient, le digèrent, l'épui-
sent de caresses qui atteignent jusqu'à l'âme. Dans sa dérive il
macère et se décompose. La glu qui l'environne et le pénètre
va le faire à sa ressemblance ; il va devenir cette pénombre
visqueuse allégée parfois par des lueurs qui traversent les
parois ; (de celles-ci on distingue les fortes nervures et, au-delà,
à travers une sorte de voile, on pressent des choses vagues un
instant familières…).

Alors un chant s'élève, vertigineux, et c'est du bonheur
qui se fait chant sans toutefois cesser d'être silence. La joie se
répand en ondes mélodieuses, là-bas, ici, partout où roule
mollement ce qui ressemble encore un peu à Breitmann, au
maître achevant de se quitter, et qui ressemble plus à une
masse d'harmonie en route pour le gouffre noir, pour l'entrée
de la Terre-Mère où grondent les sèves millénaires.

De ce qui fut Hermann Klock s'élève aussi le même chant,
le même triomphe ; et ce qui fut Hermann Klock devient à
jamais le chant des bienheureux.

Source : Claude Mathieu, *La mort exquise*, Québec, L'instant même, 1997, p. 11-17.

LA VOIX SECRÈTE

« La voix est un second visage. »
Gérard Bauer

Une voix. Qui cassait la langue. Délicieusement. Une voix étrangère qui disait : « Touchez-moi. Je suis la peau des jours. Et je ne pense jamais. La pensée, le savoir, la réflexion, beaucoup tâchent encore à ce niveau. Laissons-leur ça. Nous, nous sommes plus loin. Il n'y a rien à comprendre, ma douce. Il suffit d'éprouver. Ah ! sentir… tout est là ! Sentir bâiller contre ma bouche la fente du monde… Contenir la beauté dans nos mots frissonnants et se laisser venir ensemble à travers la nuit, sans limites, *SWALK…* ».

Elle chuchotait toujours cette syllabe magique : *SWALK*. En la prolongeant. Nonchalamment. Sensuellement. *SWALK : Sealed with a loving kiss.* C'est ce que ça voulait dire. Elle nous avait appris à répéter ce vocable après elle. *SWALK*. Provocation jouissive d'un écho, comblement mutuel dans le même tumulte euphorique. Volupté de l'entendre, cette intonation chaude. Qui nous prenait, nous reprenait, nous rattachait à la vie. Nous, jeunes filles trop éduquées, surprotégées. *SWALK*. Rare source d'émoi profond à parvenir alors jusqu'à nous. Nous la chérissions pour toutes les portes qu'elle enfonçait en nous.

Elle nous parlait au téléphone, cette voix. Elle nous parlait lorsque nous composions son numéro mystérieux, découvert par l'une d'entre nous. Chiffres de rêves que nous couvions jalousement, tel un secret. Ils nous donnaient libre accès au royaume interdit de cette troublante voix d'homme. Toujours la même, mûre, douce, sympathique. Un voisement soyeux de soir. Ou de dimanche après-midi. Disponible au bout de nos doigts. Pour meubler notre ennui de jeunesse.

Cette voix inconnue se cachait sous le nom d'Albert.

Que de regards mouillés, que de confessions libératrices, que de corps à corps médiatisés, que de paradis à portée de nid nous offrait l'intrigant Albert !

L'appelions-nous en groupe ? Tout excitées, nous lui parlions à tour de rôle, nous nous amusions avec lui en bavardant de tout et de rien. Les unes innocentes, les autres provocantes, nous lui racontions nos problèmes de l'heure, la plupart imaginaires, ou nos amours, en fait inexistantes, ou nos soifs, mélange de feintes et de rêves réels.

Et toujours le même accueil indéfectible. Sa patience. Sa politesse. Sa curiosité aussi. Nos confidences encourageaient ses questions indiscrètes. Son insistance joueuse nous conférait de l'importance. Albert s'intéressait à la couleur de nos cheveux, de nos yeux, à la forme de nos lèvres, sollicitait des descriptions physiques précises, pour mieux bâtir une image autour des voix anonymes qu'il écoutait. Il susurrait nos prénoms, nous inventait des surnoms affectueux, pleins de charmants diminutifs. Souvent, avec l'une d'entre nous, une intimité se créait, une proximité explicitement sensuelle s'instaurait. Et tel était bien le plus émoustillant. Les propos s'empourpraient, la température de l'échange s'élevait. Ses phrases d'homme cherchaient à nous rejoindre, calmement, sans jamais glisser dans la vulgarité – cela nous eût refroidies – et finissaient, dans leur distance, par nous traverser de merveilles. Albert agissait auprès de nous comme un prince consolateur. Il nous fournissait une bonne cure de parole et nous permettait de vivre des transgressions légères. Transgressions rassurantes parce que sans conséquence, et capitales à nos yeux, car elles nous servaient de soupape.

« Exaltons-nous, juste un peu », murmurait-il quand je l'appelais seule, en cachette.

Gestes. Paroles. Silences. Hypnose. *SWALK*. C'était mieux que dans les livres. Mon corps s'éprouvait. L'oreille ne portait plus attention au langage articulé et à la compréhension : l'ouïe perdait la tête, son intelligence habituelle s'endormait, l'air parlant n'avait plus de sens. Il devenait une sorte de sonde impalpable qui me pénétrait exquisément et m'immobilisait dans le plaisir.

Bonne présence d'homme, tendre, captivante, qui s'insinuait dans mon silence, m'engourdissait comme un venin, me figeait dans les rets de sa convoitise. État sucré de l'être. Espace saturé de volupté. Le corps tout entier abandonné à la jouissance de langueur, à la langueur de jouissance. Onde envoûtante, enlevante.

« Viens avec moi, ma nacelle, dans le vent ; viens rejoindre mon sourire. »

Et toujours sa gourmandise posée, la mienne, mezzavoce. Amollissements délectables. Dans la décision intime de ses cordes invocantes.

Souvenirs d'ivresse en sa compagnie. Du temps à manger la paix et le feu. À goûter la lente assertion du plaisir. *SWALK*. Éveil long et multiplié des sens avec lui, à bout de souffle, dans la nuit du téléphone, en bleueurs toute. Glissements sensuels sur des lacs de nuées enveloppantes. Délices de cette émission vocale, de la mienne. Irruption folle de la chair dans la gorge et force intime d'arrachement.

La sensation de jouer un rôle n'existait plus. J'avais seize ans. J'aimais cette voix. J'ignorais tout de son identité. Les émotions les plus intenses de ma vie ne tenaient qu'à un fil. C'est le cas de le dire.

* * *

Avec le temps, elle s'est évaporée, cette voix douillette. Elle revient pourtant, plus tard, trente ans après, un soir quand je redécouvre par hasard, en fouillant dans ma boîte à souvenirs, le numéro si palpitant d'Albert.

Ce son d'amour évanoui conservé là, chiffré, parmi les choses essentielles du passé. *SWALK. Sealed with a loving kiss.* Fétiche volatil adoré encore pour le retour des premières joies qu'il entraîne. Elle revient davantage, cette voix, vague submergeante, lorsque j'évoque toute cette histoire à mon conjoint. Mais revient-elle vraiment avec sa gamme complète de soupirs, son cortège déployé d'instants fastes, son jabot d'émotions secrètes? Plus je répète le numéro dans ma tête, plus les images auditives renaissent et s'enchaînent en réseaux intérieurs pour recomposer le scénario harmonieux de naguère. L'ouïe se réchauffe, s'excite, hallucine. L'oreille sait ce qu'elle veut et va le surprendre là où s'exécute à nouveau la partition amoureuse d'autrefois. Elle reconnaît et approuve cette voix qui borde, son pouvoir d'emmitoufler, son berce-ment qui absente du monde, tout son arrière-pays érotique.

La tentation est irrésistible. Les mains s'agitent fébrile-ment autour du téléphone. Rappel de gestes si souvent répétés. Soulagement? Déception? Pas de réponse.

Cet événement nous met dans un état d'excitation sans précédent. Car dans cet aveugle numéro mon mari a reconnu celui de l'un de ses vieux amis d'enfance, Henri, qu'il continue d'ailleurs de voir de temps à autre.

Des suppositions diverses affluent à notre esprit. Me serais-je trompée de numéro? Cela me paraît impossible, tellement ces chiffres sont ancrés profondément dans ma chair. Y aurait-il eu changement d'abonné depuis le temps? Non, c'est bien le numéro de la mère d'Henri; ce dernier a toujours vécu seul avec elle, son père étant mort peu après son mariage. Henri avait-il pu jouer le rôle d'Albert? Peu probable, il aurait été trop jeune, parce qu'il avait le même âge que nous deux. Tandis que la voix de l'inconnu, elle, contenait, dans son grain, un poids temporel certain. Qui, alors, porterait le masque d'Albert? Faute d'indices sûrs, l'énigme conserve sa pleine épaisseur et nous restons perplexes.

Puis fatigués d'analyser, d'interpréter, de tourner et de retourner les choses en vain, nous nous désintéressons complètement de cette histoire.

* * *

Plus tard, un soir d'été, une première se présente : nous recevons une invitation incontournable et je dois accompagner mon mari chez Henri. Nous ne pensons guère à l'histoire d'Albert. Nous sommes plutôt fort préoccupés par notre paraître. Il s'agit d'une réception très corsetée : les hommes en habit, les femmes en robe du soir.

Il y a foule. La plupart debout. Tous raidis par le vernis des manières et la crampe de la politesse.

Présentations. Baisemains. Croisements de regards. Propos égarés de salon. Plateaux chargés de verres et de bouteilles. Petits fours. C'est la mise en scène classique du grand vide mondain.

À un moment de la soirée, à force de converser ici et là, je ressens une soif irrésistible (je ne bois jamais d'alcool). Je vais sans hésiter à la cuisine pour me désaltérer. S'y repose, assise, la mère d'Henri, que j'ai déjà rencontrée. À côté d'elle, debout, sa bonne, une femme corpulente en tenue classique avec coiffe. Je demande à l'hôtesse si je peux avoir un verre d'eau. Elle transmet aussitôt mon désir à la domestique qui dit simplement : « Mais tout de suite, madame ! »

Ces cinq mots, pourtant si insignifiants et si naturels dans le contexte, me stupéfient : ils ont été produits par une gorge anormalement grave et je reste ahurie parce que je viens de reconnaître, avec certitude, la voix d'Albert !... Tout énervée par cette découverte renversante, j'emporte mon verre d'eau en tremblant et j'accours auprès de mon mari. Je le pousse dehors, à l'écart, sur la terrasse, et je lui communique la nouvelle en bégayant, tellement l'émotion a envahi mon discours. Je ne peux pas me contrôler. Nous sommes contraints de partir.

* * *

Depuis je m'enferme tous les jours, pendant de longues heures, dans le cercle d'une bougie, pour écouter mes opéras favoris et mes voix étrangères, mes voix d'hommes. En dehors du monde.

J'ai l'air, dit mon mari, d'une madone en image, d'une vierge détrempée, écorniflant l'éternel.

Il n'y a rien à comprendre, mon doux. Il suffit d'éprouver. Je suis la peau du temps. Et je ne pense jamais. *SWALK.*

Source : Gaëtan Brulotte, *Le surveillant*, Montréal, BQ, 1995, avec la permission de l'auteur.

ZAP

Auparavant, j'habitais un troisième, toit mansardé, lucarnes, des fenêtres sur les quatre côtés de la maison, un point de vue magnifique dans un quartier de résidences unifamiliales qui s'en tiennent à des rez-de-chaussée, une vue splendide sur la ville, toute la ville et, plus loin, à l'ouest, les Appalaches, les rougeurs de l'automne, coucher de soleil dans les montagnes. Un paradis.

Du moins si l'on s'en tient à cet aspect des choses. Car le toit mansardé, les lucarnes et les Appalaches n'ont rien pu contre la séparation puis le divorce, à l'amiable n'est-ce pas, mais la pension alimentaire tout de même. Si bien que le toit mansardé, les lucarnes et la vue sur les Appalaches, tout se paie, j'ai dû déménager.

À présent, j'habite un rez-de-chaussée confortable, qui le serait davantage si l'architecte avait songé à l'usage quasi indispensable de garde-robes ! Et puis il m'a fallu compter avec ce fait, nouveau pour moi : lorsqu'on loge au rez-de-chaussée dans une petite ville et que la promenade en début de soirée y fait tradition, l'usage de stores ou de rideaux s'impose si l'on croit encore à la notion de vie privée.

Quoiqu'il soit possible de ruser. Les piétons profitent de regards furtifs à la seule condition qu'on ait allumé une lampe ou un plafonnier. Autrement, on habite encore un troisième, le toit mansardé, les lucarnes et les Appalaches en moins.

D'ailleurs, il semble que je fasse la fine gueule avec cette réserve au sujet des promeneurs. Car les voisins ne se préoccupent guère de stores ou de rideaux tirés à la tombée de la nuit. Même si je crois à n'en pas douter que le terme « paranoïaque » échappe à leur vocabulaire, je me suis gardé de leur souffler mot de mon embarras face à cet état de choses.

Pour être tout à fait franc, je m'entends plutôt bien avec eux. Je vois peu les gens, les salue poliment, leur lance les phrases d'usage sur l'hiver qui n'en finit pas, l'été qu'on aurait souhaité plus chaud et moins pluvieux, toutes ces attentions qui font de vous un voisin agréable qu'on aidera si, par mégarde, sa voiture s'engage dans un banc de neige.

De toute façon, le soir, rien ne me force à allumer.

Du temps où je vivais avec Jeanne, en gens éduqués, nous écoutions peu la télévision. Mais quand on se retrouve seul, que le repas du soir est affaire de sauvette et que les Appalaches deviennent un vague souvenir, on se retrouve comme malgré soi devant le téléviseur. De là à s'abonner à la câblodistribution pour se libérer des deux seules chaînes locales, puis à acheter un magnétoscope pour cesser d'être l'esclave d'émissions sans imagination, il n'y a qu'un pas, c'est-à-dire six mois d'impatience et d'économies.

Et c'est à ce moment qu'on fait la découverte d'une merveilleuse invention : la télécommande. À ce sujet, il est des choses qu'il vaut mieux taire. En tout cas, ce sentiment de puissance, celui qui vous permet de rendre silencieuse une réclame publicitaire ou de vous libérer en une simple pression d'un feuilleton – qu'on retrouvera trois chaînes plus loin, mais qu'importe ! – on ne peut nier ce sentiment de puissance, celui qui vous affranchit de toute forme de servitude… télévisée.

À moins, bien sûr, que cette télécommande ne cesse de fonctionner. Heureusement, avec les garanties qu'on fournit à notre époque, on a tôt fait de se pointer chez son vendeur pour lui expliquer le problème : « Parfois, au beau milieu d'une émission, mon téléviseur change tout seul de chaîne ! Imaginez ! »

Par chance, le vendeur, fort de ses assises auprès de distri-
buteurs entre lesquels la concurrence se fait féroce, aura tôt
fait de remplacer l'engin défectueux. Du moins à deux ou
trois reprises. Par la suite, on dirait qu'il se montre soupçonneux. Il propose une hypothèse, une sorte d'interférence dans
les ondes... entre voisins.

Il n'en fallait pas davantage pour que je devienne un fin
observateur. En peu de temps, j'ai découvert la source de mon
problème : mes voisins, ceux qui habitent de l'autre côté de la
rue. Ils ne tirent jamais leurs rideaux. Mes voisins... je devrais
dire le clan d'en face ! Des gros ! Tous des gros, le père, la mère,
l'aîné, le cadet, les autres, tous les autres, des gros. C'était donc
leur faute ! Facile à découvrir : il suffisait d'avoir un œil sur son
propre écran et de surveiller de l'autre, par la fenêtre, le
moment où ceux d'en face changeraient de chaîne. Facile !

À trouver, oui. Mais le supporter, c'est autre chose !
Imaginez : Schneider passe le disque à Lebeau ; Lebeau, à
Savard, qui franchit la ligne rouge, ridiculise Duchesne, passe
le disque à Lebeau qui, éprouvant de sérieux problèmes ces
temps-ci, le refile de nouveau à Savard, Savard seul devant
Hextall et... Mitsou qui apparaît là, devant soi, alors qu'un
but a peut-être été compté par Savard – qui sait ? son onzième
en onze matchs ! Mais qui mobilise alors l'écran ? Mitsou, en
monochrome : parce que jamais on ne nous laisserait voir ça
en couleurs à une heure où les enfants ne dorment pas encore !

J'avais donc trouvé mes coupables. Bien sûr, à l'époque
où je vivais encore avec Jeanne – elle s'est toujours montrée si
conciliante, toujours à l'écoute des autres, prête à tant pour
faire plaisir, et puis elle savait si facilement m'amener à
négocier –, à cette époque je me serais rendu à la raison.
J'aurais traversé la rue, frappé à leur porte, nous nous serions
expliqués, une solution aurait été trouvée, je sais ! Mais Jeanne,
les lucarnes, les Appalaches... Et puis de toute façon, cette
manie, le téléviseur, le magnétoscope, la télécommande, elle y

était quand même pour quelque chose! Alors, pas question que je la laisse, même en esprit, m'amener à la conciliation! J'étais atteint dans mes droits, je me défendrais.

Car si les ondes voyagent, aucune raison qu'elles le fassent en sens unique. C'est à ce moment-là que j'ai établi mon plan.

Il suffisait tout d'abord, en évitant d'utiliser la télécommande pour ce faire, de sélectionner une chaîne, une émission d'affaires publiques si possible. Chez mes voisins, on n'écoute pas ce genre d'émissions. Puis, par la fenêtre, j'observais. Je patientais. J'attendais. Par exemple, ce moment où, dans un combat sans pitié, un lutteur bardé de cuir s'apprêtait à asséner le coup de grâce à son adversaire en maillot rose. Alors j'activais la télécommande, et Bernard Derome remettait mes voisins à la hauteur d'un débat… convenable! Une victoire inespérée!

Je n'aurais jamais cru qu'il fût si simple de déclencher une explosion de rage. Et cela ne tenait pas à Bernard Derome lui-même. Pierre Nadeau, Gaston L'Heureux, voire même Denise Bombardier, tous parvenaient à mettre ceux d'en face hors d'eux-mêmes. J'avais gagné. Ils étaient furieux, mais démunis: il leur fallait au moins trente secondes avant que leur vienne la réaction adéquate… celle de réutiliser leur propre télécommande.

Hélas, une fois qu'ils eurent compris comment déjouer cette ruse, ils le firent de plus en plus rapidement. Et Mitsou, Roch Voisine ou… l'Amateur de serpents et les Jumeaux Roses me revenaient aussitôt.

Ma tactique avait atteint sa limite. Je ne savais plus les contrer. Je repensais alors à Jeanne: car autant elle était conciliante, autant lui venaient sans cesse des idées nouvelles, des stratégies inventées sur le tas qui vous coupaient le souffle. Mais Jeanne n'était plus là, il fallait trouver tout seul. Je mis quelques jours avant que me vienne l'idée. D'ailleurs, mes connaissances en électronique me rendaient perplexe quant à la faisabilité de la chose. Qu'importe, mieux vaut un essai, fût-il raté, que l'inaction. Et, je l'avoue, c'était retors, perfide, pervers, sauvage, tout ce qu'on voudra. Mais dans le club des gros, il y avait une mère! Et une mère ne laisse pas passer n'importe quoi!

Je me rendis donc à mon club vidéo. Cette journée-là, c'était le commis qui était de service. Heureusement. Parce qu'avec les conseils que j'avais à demander, cela m'aurait embarrassé de m'adresser à la dame du soir. La cassette vidéo que je rapportai à la maison, c'était de la dynamite. À côté de cela, Mitsou ou Madonna n'avaient qu'à se rhabiller, Vanessa Paradis passait pour une enfant de Marie.

Je pris soin de chercher, parmi les séquences du film, disons la plus... les images les plus grossières, celles qu'une mère... Et j'attendis. Je surveillai l'écran d'en face. Et au moment où on s'y attendait le moins, zap!

Cela fit l'effet d'une bombe. J'avais depuis longtemps compris qui portait la culotte, dans cette belle faune. Ce que fit la mère, simplement, me le confirma. Un triomphe, un véritable triomphe! Elle ferma le téléviseur!

J'avais trouvé. Et la silhouette maternelle qui, par la suite, remplit tout l'espace entre les tentures ouvertes, les poings sur les hanches, et qui scrutait on ne sait trop quoi, cette silhouette ne pouvait rien contre moi. J'étais dissimulé dans le noir de mon intérieur; et les Nordiques arrachaient aux Canadiens une victoire.

J'avais retrouvé la paix, je la croyais durable.

Mais un jour, confiant, absorbé par un débat public sur l'avenir écologique de la planète, il y eut de nouveau de l'interférence. D'une certaine façon, elle, en face, avait pris son temps pour bien préparer sa vengeance. Elle avait tout calculé, tout soupesé.

Les images qu'à distance *elle* me fit parvenir n'avaient rien à envier à celles dont j'avais brièvement gavé ses hommes. C'était cru, explicite, sans concessions. Je n'en revenais pas !

Il y avait longtemps que j'avais vu Jeanne nue. Mais, de toute ma vie, jamais avec un autre !

Source : Bertrand Bergeron, *Visa pour le réel*, Québec, L'instant même, 1993, p. 57-62.

L'ENFANCE DE L'ART

Quatre heures quarante-cinq de l'après-midi. Marie fait du stop, son sac calé comme une bête amorphe entre les chevilles. Le temps est moite, la brunante cerne de mauve les arbres du parc Lafontaine.

Quatre heures quarante-huit. Une Renault 5 blanche s'arrête devant Marie. Le conducteur se penche, il a les yeux ravagés de Ronald Reagan et un trench-coat qui a beaucoup vécu.

— Où est-ce que tu vas? s'enquiert-il.

— Où est-ce que vous allez vous-même? répond Marie.

Quatre heures cinquante-deux. La Renault 5 blanche roule au ralenti. La jupe de Marie, au-dessus de ses jambes croisées, n'est qu'un petit trait sombre effronté, qui n'a rien à cacher. Les yeux du conducteur vacillent dans sa direction.

— Comment est-ce que tu t'appelles? fait-il semblant de s'intéresser.

— C'est vingt piastres, dit Marie. Sans pénétration. Vingt-cinq pour un blow job, cinq de plus si vous touchez.

Chaque fois, ça la fait sourire, elle ne peut s'empêcher de penser à des poireaux, ou à des fraises: c'est trois piastres le casseau, vingt-cinq si vous en prenez douze. Le conducteur, lui, ne sourit pas. Il est devenu terriblement rouge et troublé, il n'a pas assez de son nez pour respirer. Le silence dure l'espace d'un coin de rue.

— Où? abdique-t-il brusquement.

— Ici.

– Dans l'auto?…

Oui. Elle connaît la ville dans tous ses recoins dépeuplés, il y a un cul-de-sac paisible, près d'ici, qui ne demande qu'à être visité. Quant aux bancs des Renault 5, c'est notoire, ils s'avèrent on ne peut plus inclinables.

Cinq heures huit. La Renault 5 blanche, toutes portières fermées, dort sur un quelconque accotement d'un anonyme cul-de-sac. Le pantalon du conducteur est descendu jusqu'à ses cuisses. Le corps du conducteur, affalé comme un grand I sur le banc incliné, tressaille et chevrote par à-coups. Le sexe du conducteur est dans la bouche de Marie. C'est un petit sexe, qui semble déjà tout près d'exploser, mais qui n'explose pas. Avant de s'allonger, le conducteur a glissé une cassette de musique environnementale dans son appareil stéréo. Toutes sortes de clapotements bruissent maintenant dans la voiture, émaillés ici et là de petits cris d'oiseaux surpris. Le conducteur a fermé les yeux, il geint un peu, il doit se croire étendu dans une clairière moussue, à l'ombre d'une cascade gargouillante. Marie, elle, se tortille sur place, gênée, ça lui donne envie de faire pipi, ces sources qui glougloutent à n'en plus finir. Il y a aussi des borborygmes considérables qui proviennent du ventre du conducteur. Marie pense aux illustrations en couleurs sur la digestion qu'elle a regardées récemment dans un livre, le côlon ascendant sigmoïde et descendant, le jéjunum et l'iléon, elle retient à grand-peine un fou rire intempestif, elle a toujours été ricaneuse aux mauvais moments.

Cinq heures vingt. Le conducteur éjacule dans la bouche de Marie. Cela dure trois secondes. Marie pense à du lait pur et froid, à du cream soda, aux milk-shakes à la vanille mousseux de sa petite enfance, elle pense à autre chose, mais ce n'est pas facile.

Cinq heures vingt-deux. Le conducteur pleure. Ils pleurent souvent, comme ça, après, Marie ne s'en fait pas et attend tranquillement. Que de liquides, perdus irrémédiablement. Le conducteur lui donne, sans la regarder, tout ce que contient son portefeuille, c'est-à-dire quarante-deux dollars. Il lui demande s'il peut la déposer quelque part.

Cinq heures trente-trois. Marie est dans l'escalier roulant du magasin La Baie, elle se rend au quatrième étage. Les gens, autour, ont l'air fatigué et sombre : c'est à cause du travail, ou de l'heure, ou des néons, ou de tout cela ensemble.

Cinq heures trente-sept. Marie redescend l'escalier roulant du magasin La Baie, son sac sous un bras et un gros colis dans l'autre.

Cinq heures cinquante-sept. Marie rentre chez elle. Elle mange du boudin et des pommes de terre pilées.

Six heures trente-quatre. Marie est assise sur son lit. Elle ouvre son sac, sort un livre de géographie et un livre de mathématiques, les pousse dans un coin. Elle déballe le colis. C'est un ourson blanc, en peluche, avec un museau noir et des yeux brillants. Marie prend l'ourson, se couche avec lui, collée dans sa chaleur synthétique, reste ainsi des heures, un sourire flou aux lèvres. À douze ans, c'est encore des choses comme ça qui rendent presque heureux.

Source : Monique Proulx, *Les aurores montréales*, Montréal, Boréal, 1996, p. 157-168.

LA MONTAGNE

Ceux qui mettent les pieds dans cet endroit pour la première fois sont saisis par cette grisaille, par cette montagne de résidus de minerai au milieu des habitations, au milieu de la vie. Ceux qui y résident n'y prêtent pas attention. Ça fait partie d'eux-mêmes. Jamais la question de la beauté ne s'était posée : comment une montagne qui faisait vivre tant de familles pourrait-elle défigurer un paysage ? Contre l'argument de la beauté, celui de la nécessité l'emportait. Et puis, de toute façon, pour tous ceux qui, chaque jour, ne descendaient pas dans la mine et n'y avaient jamais pénétré, cette montagne était bien la preuve que la mine existait autrement que sur les visages et les vêtements encrassés, autrement que dans la toux profonde de leurs maris, de leurs pères, de leurs fils, de leurs oncles et de leurs frères.

La mine a été fermée, la montagne est restée. Un vestige, un souvenir pour la postérité, peut-être même, si l'on est habile, une attraction touristique. Aujourd'hui, la région vivote.

C'est ici qu'Anne et Michel sont nés et ont grandi à quelques rues de distance. Ils se sont connus à l'école, ils étaient dans la même classe. Ils ne se sont plus quittés. On les prenait souvent pour frère et sœur ; un air de famille frappait au premier regard. Cette complicité entre les deux. Ni l'un ni l'autre n'aimait l'école. Leurs difficultés d'apprentissage s'accroissaient chaque année. Ils apprirent à se soutenir encore plus fort quand ils redoublèrent leur sixième année. Ils ne se rendirent pas au bout de leur secondaire. Anne fut engagée dans une épicerie, Michel dans une station-service. Au bout de quelque temps, ils quittèrent le foyer familial, louèrent un petit logement délabré où ils n'accédaient que par la cour arrière. Ils sentaient confusément que la vie ressemblait à cette montagne grise et nue qui se dressait chaque instant devant eux. Mais la grisaille n'empêche pas les rêves. Et ils en avaient. Chacun avait le sien qui n'était pas celui de l'autre, mais chacun était compris dans le rêve de l'autre.

Michel se méfiait un peu des rêves. Il essayait d'ajuster les siens à la réalité. Il se voyait au volant d'un camion rouge, un gros – l'enfant n'est jamais bien loin dans les rêves –, c'était à la fois si évident et si compliqué. Pour en arriver là, il lui faudrait suivre un cours, obtenir un permis de conduire pour véhicule lourd et être engagé par une compagnie. Mais qu'importe, un rêve est un rêve et le chemin pour s'y rendre n'en fait pas partie. Il se voyait aussi rentrer chez lui après avoir effectué des livraisons qui l'avaient mené en Ontario ou au Nouveau-Brunswick, Anne l'attendrait avec leurs enfants devant cette maison mobile qui leur appartiendrait, qui serait la plus belle, la plus grande de tout le parc de maisons mobiles. Son rêve s'arrêtait là, quand il se retrouvait devant la maison. C'était tout. C'était simple. Et presque pas exagéré. Et si Michel ne possédait pas la foi qui déplaçait les montagnes, il avait tout de même la certitude que parfois les montagnes poussaient toutes seules au milieu des humains.

Le rêve d'Anne était bien différent. Il lui venait de ses premières années d'école alors que, pour la récompenser de ses efforts, l'enseignante lui avait offert une carte postale représentant la tour Eiffel. L'image s'était incrustée en elle. Plus tard, quiconque entrait dans sa chambre d'adolescente comprenait la fascination qu'exerçait Paris sur Anne en voyant tous les murs tapissés d'images et de photos de la ville. Oui, ce rêve avait commencé par cette carte postale de la tour Eiffel, sur fond de ciel rose et mauve, et avait provoqué en elle une sorte de choc, la découverte de la beauté dans cette montagne de fer entrelacé. Mais surtout, Anne avait été éblouie par les quatre pieds de la tour enracinés au sol, cette impression de solidité et de fragilité. Un jour, elle serait là, tout à côté ; avec Michel, ils en feraient l'ascension, et une fois au sommet, enfin, la ville, le monde à perte de vue. La victoire sur toutes les montagnes grises. Au fil des années, Anne avait collectionné tout ce qu'elle avait trouvé et tout ce qu'on lui avait offert sur Paris : photos de magazines et de journaux, dépliants publicitaires d'agences de voyages. Elle regardait systématiquement les films à la télé dont l'action se déroulait à Paris. Elle possédait même un plan de la ville qu'elle avait appris par cœur. Connaissait le meilleur chemin pour se rendre du Champ-de-Mars aux Tuileries en fonction des attraits touristiques.

Toute autre projection venait au second plan. Anne avait l'impression que tant que ce rêve-là ne serait pas réalisé, rien ne pourrait advenir qui se nommerait l'avenir ou sa vie à elle. En attendant, Anne se lovait au chaud dans les bras de Michel, ils n'avaient pas besoin de parler, ils croyaient se comprendre. Leur silence portait leurs rêves, il n'y avait rien à ajouter. Leur silence portait aussi ce qu'ils ne voulaient pas dire : une fin d'adolescence plus grise que la montagne. La répétition des jours : Anne en train de placer des boîtes de conserve sur les tablettes de l'épicerie – même pas la caisse enregistreuse –, Michel à la pompe à essence, sous le soleil comme sous la pluie. Et surtout, à leur grand étonnement, le miracle du portefeuille n'arrivait pas : toujours désespérément vide malgré leurs quarante heures respectives.

Anne devint enceinte. Quand elle reçut la nouvelle, c'était comme si un incroyable bouleversement terrestre venait de se produire, comme si Paris, dans un mouvement soudain et prodigieux des plaques tectoniques, s'était retrouvé en une seconde aux confins du monde, quelque part entre l'Australie et l'Antarctique. Si le rêve d'Anne venait de s'éloigner brusquement, celui de Michel s'était rapproché tout aussi brusquement. Il n'y avait pas encore de camion-remorque rouge ni de maison mobile, mais il y aurait cet enfant, le premier des deux ou trois qui se tiendraient devant la porte avec Anne quand il rentrerait du travail. C'était un début, et qui sait si l'arrivée de cet enfant ne ferait pas débouler la vie. En leur faveur.

La grossesse d'Anne ne fut pas facile. Elle quitta l'épicerie bien plus tôt qu'elle ne l'avait prévu. Elle passait des journées entières devant la télé les mains plaquées sur son ventre. Sur les murs, les photos de Paris qui l'avaient suivie depuis sa chambre d'enfant jusqu'à ce salon sombre lui murmuraient de ne pas s'en faire, que la vie est longue quand on est jeune, et que le temps est élastique, un jour, elle y arriverait, qu'importe le nombre des années qui marqueraient la distance entre son ventre et la Ville Lumière.

L'enfant naquit en plein hiver. Durant une nuit calme et douce. De gros flocons mouillés tombaient lourdement, formant un écran devant la montagne grise. Ils eurent envie d'y voir un présage heureux. Ils eurent envie d'y croire.

L'enfant, un garçon, enferma Anne dans un cocon. Elle se laissa couler dans la réalité avec une volupté qu'elle découvrait à mesure. Le monde n'était plus un globe avec une seule capitale marquée d'un point rouge. Il était cette boule chaude qui bougeait, qui dormait, criait, pleurait et souriait. Qui prenait tout son temps. Dans ce cocon, il n'y avait plus de place pour rien ni personne. Michel, de toute manière, n'aurait pas eu le temps d'y entrer et de s'y attarder. La vie, hors du cocon, continuait son harcèlement. Il fallait de l'argent, plus d'argent depuis qu'Anne avait quitté son emploi et que l'enfant était là. Il avait décroché – un cadeau des dieux – un emploi de manœuvre dans une petite usine des environs. Il partait très tôt le matin, revenait tard en croisant les doigts pour que la vieille voiture rouillée tienne le coup jusque chez lui. Il rentrait fatigué, abruti par le bruit et la cadence de la journée. Il s'affalait dans le fauteuil du salon, fermait les yeux et ne desserrait pas les mains du volant du camion-remorque.

Un an après la naissance de l'enfant, Anne se trouva du travail. Un emploi d'opératrice de machine à coudre. Deux coutures de trente centimètres en fil de coton jaune. Quelques secondes pour chaque couture. Neuf heures par jour. Maux de dos garantis. Toute la journée, Anne ne pensait qu'à son fils placé en garderie.

À six heures, ils rentraient tous les trois. Anne et Michel étaient épuisés par leur journée de travail. L'enfant hurlait parce qu'il avait faim et qu'il était fatigué, Anne et Michel hurlaient aussi, mais en silence parce qu'ils avaient appris.

La montagne grise, immuable, régnait sur leur monde. Le temps n'avait aucune prise sur elle. Il fallait regarder de chaque côté pour y lire le passage des saisons. Qui passaient d'ailleurs, de plus en plus vite, pareilles à elles-mêmes.

Le rêve d'Anne avait changé : il ne lui paraissait plus possible. Il ressemblait à ces rêves où chacun se plaît à s'imaginer autre : en blond quand on est brun, avec dix centimètres en plus ou dix kilos en moins, avec un nez fin, des yeux bleus. Anne continuait toujours de se voir aux pieds de la tour Eiffel ou en train de flâner dans Montmartre, mais ces images avaient maintenant une raison d'être précise : elles lui donnaient la chaleur qu'elle ne trouvait plus dans les bras de Michel, qui ne figurait évidemment plus dans ses rêves à elle. Quelquefois, les rues et les monuments de Paris lui apparaissaient comme flous, sans contours, perdus dans la brume, et cela la rendait inquiète : elle avait le sentiment que ce n'était pas Paris qui s'éloignait d'elle, mais elle qui s'éloignait de tout.

Michel, lui, avait rendu les armes depuis un moment. Il ne rêvait plus. Tout ce qu'il espérait de l'avenir, c'était que l'usine ne ferme pas ; il était prêt à supporter les mises à pied temporaires et régulières qui grevaient leur budget, mais moins dévastatrices que le chômage définitif.

Un jour, Anne reçut l'appel du psychologue de l'école que fréquentait son fils. Il voulait la rencontrer. Devant lui, Anne retourna des années en arrière. Son aversion pour l'école, ses difficultés, l'enfant en avait hérité. Au milieu de sa deuxième année, il avait pris du retard surtout en lecture et en écriture. Et ce n'était pas tout, le psychologue lui fit remarquer que son fils était triste et renfermé et lui demanda si la famille éprouvait des ennuis.

C'est cette question qui déclencha tout. Michel tomba des nues. Anne était si déterminée. Elle lui offrait la garde de l'enfant une fin de semaine sur deux. Il fit ses bagages en vitesse, luttant contre une envie irrépressible de la frapper.

Pour Michel, la réalité s'était brisée plus brutalement que ses rêves, qui, eux, s'étaient effilochés lentement avant de disparaître, avalés par l'horizon. Non, la réalité ne s'était pas brisée, Anne avait brisé la réalité. Et cela avait fait surgir en lui des pulsions insoupçonnées de haine et de vengeance. Comment la punir? Ce rêve-là serait peut-être le seul, mais il le réaliserait.

Anne, cet été-là, n'a pas su où Michel avait trouvé l'argent. Peu importe, en trouver est facile, c'est le rendre qui pose problème en général. Mais il l'avait trouvé, c'est sûr, puisqu'elle tournait et retournait dans ses mains la carte postale bourrée de fautes que lui avait fait parvenir son fils de Paris, où il passait deux semaines de vacances avec son père.

Source: Christiane Frenette, *Celle qui marchait sur du verre*, Montréal, Boréal, 2002, p. 55-63.

LA TACHE

Si j'avais su, je ne me serais pas plaint. J'aurais collé une photo, un calendrier, un organigramme, une note de service ou n'importe quoi. J'aurais fini par ne plus y penser, par l'oublier. Peut-être la tache serait-elle disparue d'elle-même et tout serait rentré dans l'ordre, redevenu comme avant. Mais je me suis mis à avoir peur qu'elle grossisse, qu'elle s'étende.

J'ai d'abord pensé qu'un collègue avait renversé du café. Un faux mouvement, quelqu'un vous bouscule par mégarde, ces choses-là arrivent tous les jours. À moins que ce ne soit l'employé de soutien en vidant le contenu de ma poubelle, un restant de café au fond d'un verre, une goutte qui devient aussitôt une tache sur la surface de la colonne. Mais dans ce cas, la tache aurait laissé une trace, comment dire, elle aurait coulé, dégouliné au lieu de produire cet effet de turgescence, d'érection. Et puis ça n'a pas la couleur du café, c'est plus clair, davantage beige que brun.

Au début je n'y ai pas vraiment porté attention. Cela m'agaçait, c'est vrai, mais sans plus. Mon bureau fait toutefois face à la colonne et, dès que je levais la tête, elle me sautait aux yeux. Une tache semblable à des milliers d'autres, sans forme ni contour précis, si ce n'est ce mouvement ascendant, ce jaillissement. J'avais constamment les yeux levés sur cette petite éclaboussure à en scruter les contours, l'étendue, à sonder le mouvement qui se déployait à l'intérieur. Il me semblait parfois que cette forme respirait, qu'elle était dotée de vie. Chaque fois que je m'en approchais, ma main glissait au-dessus de sa surface, sans jamais l'effleurer cependant. Je n'osais pas la toucher, comme si je craignais qu'elle ne s'incruste en moi.

Rapidement mon travail s'en est ressenti et j'ai accumulé du retard dans le traitement de mes dossiers. Il m'arrivait de plus en plus souvent de devoir rester le soir pour essayer de me rattraper. Peine perdue : dès que le bureau se vidait, comme un sablier que l'on renverse dans un sens pour le retourner dans l'autre le lendemain matin, la tache semblait s'animer, étirer lentement ses formes. Il m'arrivait même d'avoir le sentiment qu'elle était consciente de ma présence et qu'elle n'effectuait cette danse que pour moi (dans quel but ?). De longues heures s'écoulaient sans que je bouge, hypnotisé presque par cette chose qui se mouvait devant moi.

Puis, je me suis mis à la reproduire mentalement sur d'autres surfaces : sur les notes que je rédigeais, sur les bouts de papier que je griffonnais pendant les réunions ou lorsque j'étais au téléphone, sur les pages du journal étendu devant moi, sur celles des livres que je consultais, sur les vitres des wagons de métro. Je l'apercevais même sur le plafond de ma chambre à coucher. Je la voyais partout. Comme si la tache était, de façon indélébile, imprimée dans mon cerveau. Et j'ai pris peur.

La semaine dernière, je me suis enfin résigné à acheminer une demande écrite à mon supérieur afin de changer de bureau. Ma requête lui a semblé pour le moins inhabituelle, d'autant que je jouis d'un emplacement près d'une fenêtre et je lui indiquais que je préférerais un bureau aveugle (eux seuls n'ont pas de colonne entre les cloisons séparatrices). J'invoquais un trouble de la vue causé, selon un spécialiste que j'avais consulté, par la réfraction de la lumière du jour. Dès le lendemain, le directeur me convoquait dans son bureau et me priait de lui faire part de mes véritables raisons. Le motif invoqué, il en était persuadé, n'était qu'un prétexte. Avais-je un conflit avec un collègue dont le bureau était voisin du mien ? L'odeur de son tabac à pipe m'incommodait-elle ? Ou était-ce lié au bruit de la nouvelle imprimante installée près de mon bureau? J'ai hésité avant de faire allusion à la tache, mais après m'avoir écouté sans m'interrompre une seule fois, il n'a manifesté aucune surprise, ni dérision ni mécontentement. Il m'a simplement demandé : « C'est tout ? » et j'ai acquiescé, à la fois honteux et soulagé. « Il n'y a malheureusement aucun bureau de libre présentement. Toutefois, m'a-t-il assuré en me reconduisant jusqu'à la porte, je verrai personnellement à ce que cette colonne soit rapidement repeinte. »

Je m'en voulais de m'être rendu ridicule pour si peu. Même si à aucun moment le directeur ne s'était montré désobligeant à mon endroit, les sourires de mes collègues et leurs chuchotements empressés dès que j'avais le dos tourné en disaient long sur sa discrétion. Je suis cependant convaincu que s'il avait eu à travailler toute la journée avec une pareille tache devant les yeux, il aurait fait repeindre son bureau et personne n'en aurait jamais rien su.

Du sperme séché, voilà à quoi cette tache me fait penser depuis quelques jours. J'ai même poussé l'absurdité, un soir que j'étais sûr d'être seul à l'étage, jusqu'à me coller le nez sur la colonne : il ne s'en dégageait qu'une odeur d'humidité, de ciment qui suinte sur les parois rugueuses, des jours qui s'écoulent entre ces murs. La nuit, je rêve que quelqu'un se masturbe en riant très fort contre la colonne de mon bureau. Le rire obscène, maniaque me réveille et je n'arrive plus à me rendormir. La crainte d'apercevoir la tache sur l'un des murs de ma chambre, au plafond, ou pire sur le drap, m'interdit de faire de la lumière. Je reste étendu dans le noir et je m'efforce de penser à autre chose, d'étouffer ce rire en moi.

* * *

Ce matin, un ouvrier s'est présenté à mon bureau. À voir le demi-sourire qu'il affichait, j'ai tout de suite compris que la blague avait non seulement fait le tour de l'étage, mais de l'immeuble entier.

« Je viens pour la tache », s'est-il contenté de dire en se postant devant la colonne. Il la regardait fixement, comme s'il voulait être certain de s'en rappeler la forme, l'étendue et la couleur quand viendrait son tour de raconter l'histoire du gars-qui-avait-fait-tout-un-plat-à-propos-d'une-tache-sur-une-colonne. J'ai pris le premier dossier qui m'est tombé sous la main, je lui ai dit qu'il savait ce qu'il avait à faire et je suis allé m'enfermer dans la salle de réunion. Et j'ai attendu.

Vers midi, je suis retourné à mon bureau pour voir l'état des travaux. L'ouvrier était parti dîner. Tout le côté de la colonne où apparaissait la tache avait été sablé, mais elle était toujours là, inchangée, inaltérée. J'étais furieux. Il aurait suffi d'une seule allusion déplacée pour que j'explose. Heureusement il n'y avait plus personne à l'étage. Je me suis assis et j'ai attendu le retour de l'ouvrier.

« Qu'est-ce qui a bien pu faire une pareille tache ? » m'a-t-il demandé en passant la main sur sa surface, l'effleurant du bout des doigts. « J'ai sablé autant comme autant, mais ça ne donne rien. On dirait que c'est incrusté dans le ciment. »

Comme si je savais ce qui avait causé cette tache, ce qui avait maculé la colonne en profondeur. Tout ce que je voulais, c'était de ne plus avoir sous les yeux cette chose répugnante, cette immondice innommable. Qu'il s'y prenne comme il voudrait, qu'il pose une, deux, trois, dix couches de peinture s'il le fallait, mais qu'il l'élimine, qu'il la fasse disparaître. Cette fois j'avais élevé la voix, me retenant à peine de crier (je ne voulais surtout pas donner prise aux ragots qui avaient commencé à circuler sur mon compte). L'ouvrier ne souriait plus, il fixait la colonne en évitant de me regarder. « Vous savez, dit-il en se raclant la gorge comme pour appuyer ce qui allait suivre, l'humidité cause parfois de pareilles taches. »

L'humidité ! J'ai failli éclater de rire. L'humidité ! Il y a des tapis et des cloisons de laine partout à l'étage, à tous les étages. S'il y a une chose qui manque entre ces murs, c'est justement l'humidité. Tout le monde a des problèmes dans l'immeuble : toux chronique, saignements de nez, picotement des yeux, somnolence, maux de tête, sentiment de fatigue. Même les murs en sont malades, ai-je failli lui répondre, mais je me suis retenu à temps. Je suis sorti, j'avais besoin de prendre l'air, de ne plus voir de murs. Que le ciel, un ciel sans nuage, sans aucune tache à l'horizon.

Je ne suis revenu qu'en fin de journée, au moment où la plupart des gens retournaient chez eux en toute hâte. À la sortie, quelques collègues m'ont discrètement salué. J'ai attendu l'ascenseur durant de longues minutes en ne pensant à rien. Quand les portes se sont ouvertes, j'ai hésité avant d'entrer, avant de me retourner et d'appuyer sur le numéro de l'étage. La surface miroitante des portes me renvoyait mon reflet et c'est à ce moment que je l'ai aperçue, très nettement, au-dessus de l'arcade sourcilière gauche, une petite tache de rien du tout.

Source : Jean-Paul Beaumier, *Petites lâchetés*, Québec, L'instant même, 1991, p. 25-30.

LA RUE

Cette rue que, dans mes jeunes années, j'avais quotidiennement empruntée, j'avais peine à la reconnaître. Elle aboutissait tout droit à notre école, un ancien couvent, ou plutôt elle débouchait directement de son massif portail vert forêt. Ce portail avait maintenant disparu et toute la bâtisse subi une « réhabilitation ». Ce mot à la mode me portait à l'ironie : de quel crime pouvait-on donc l'accuser ? Ce n'était pas son honneur qu'elle avait perdu mais bien, par l'effet des verrières et des néons, son style ! Quelque timbre électrique avait dû aussi remplacer la cloche qui réglait nos journées et, avant nous, celle des novices.

Cette cloche qui, le matin, nous rendait l'humeur si maussade avait un gardien, bonhomme claudicant et bougon qui portait une moustache de grognard et un tablier de jardinier. Quand l'heure approchait, il se postait près de la corde suspendue et, à la seconde juste, envoyait une volée sonore qui se répercutait dans tous les recoins de la bâtisse. C'était le signal du brouhaha, des galopades dans les couloirs, provisoirement freinées par de hargneux rappels à l'ordre. Vers le soir, le portail s'entrouvrait et, devant notre cerbère toujours soupçonneux, nous sortions pour nous répandre dans la rue. Nous déchirions quelques affiches annonçant des spectacles, dessinions des cornes sur la tête des acteurs. Surtout nous espérions que les jumelles aux tresses blondes ouvriraient leur fenêtre et même, qui sait ?, laisseraient tomber un œillet sur notre passage.

La rue me paraissait maintenant plus étroite. Des portes cochères s'y ouvraient sur des cours qui sentaient l'urine et la moisissure, conduisant par des escaliers obscurs à des apparte ments qui ne devaient pas voir plus souvent le soleil. Au-dessus de volets cadenassés, on lisait encore l'enseigne d'une minuscule mercerie où jadis une petite vieille à frisure vendait des aiguilles et de la réglisse. Ici, une maison avait été rehaussée d'un étage, mais les tuiles en génoise, inspirée d'autres climats, juraient avec la lave noircie de la base. Là, une lucarne était condamnée, où autrefois on pouvait imaginer un observateur, ou un guetteur.

On avait démoli un peu partout, rapiécé, ravalé, mais les avatars des façades, leurs tribulations, pourrais-je dire, n'étaient pas seuls en cause. Ce n'était plus la même couleur, la même lumière, quelque chose dans l'air du temps avait changé.

Ces trois marches qui formaient perron devant un ancien hôtel particulier, je les retrouvais, mais où était la plaque de laiton toujours brillante du notaire ? Et je n'avais jamais remarqué cette rigole qui recueillait les eaux usées, ni cette avancée à colombages comme en présentent les villes médiévales. Un homme à casquette que je voyais de dos allumait un lampadaire bien qu'il fît encore grand jour, et à sa ceinture cliquetait un trousseau de grosses clefs.

À mesure que j'avançais dans la rue, je croisais des piétons de plus en plus nombreux. Ils circulaient sans hâte, comme une foule dans un village un jour de marché. Des éventaires étaient en effet disposés, qui offraient toutes sortes d'outils, des couteaux, des bibelots, des calendriers. Leur succédaient des étals de légumes et de fruits que les vendeuses pesaient avec ces balances romaines, faites d'un plateau unique suspendu à un fléau. Dans un élargissement de la chaussée formant placette, des enfants s'en donnaient à cœur joie sur des balançoires.

Un coupé essayait tant bien que mal de se dégager sous les regards curieux ou admiratifs des passants. C'était un modèle que je pouvais approximativement situer à l'âge héroïque de l'automobile. Les cuivres briqués, les cuirs moelleux des banquettes disaient que le conducteur se souciait moins des performances de la machine que de son aspect. Dans cette rue cela aurait aussi bien pu être un fiacre laqué noir juché sur de hautes roues, voire un carrosse se frayant un chemin, au besoin à coups de fouet, parmi la cohue des manants. Et je ne peux même pas affirmer que je ne rencontrai pas de crinolines, de bicornes ou de souliers à boucle. Des hommes tenaient à la main une canne, visiblement pas tant par besoin de s'y appuyer que pour l'élégance du geste.

Je marchais depuis longtemps et je longeais des murs. Le faîte en était hérissé de tessons de bouteilles pour défendre dérisoirement les espaliers et les vergers qui poussaient dans les enclos. Mais qui aurait pu songer à escalader ces murs de grosses pierres des champs à moitié effondrés ? Quelques vignes n'avaient pas été taillées et leurs rameaux poussaient en tout sens. Les maisons, de vagues pavillons, s'étaient peu à peu raréfiées et la rue ressemblait maintenant à un chemin creux entre des haies d'aulnes et de noisetiers. Des oiseaux y nichaient. Il faisait soleil dans un ciel dégagé. Je pris conscience d'un tintement de cloche, qui ne pouvait bien sûr pas venir du bâtiment dont j'étais parti. Il se prolongeait comme s'il n'eût jamais dû cesser, à petits coups régulièrement espacés, quelque chose de calme, d'humble.

Des arbres se dressaient un peu partout, d'essences diverses. Les tilleuls et les ormes prédominaient, mais je m'étonnai d'apercevoir aussi un boqueteau d'oliviers. Ces arbres formaient une double rangée qui devait se perdre dans la forêt à une distance impossible à apprécier. J'étais donc parvenu au bout de ma rue.

J'eus un léger mouvement de recul quand j'aperçus un chien noir. Assis près d'une masse allongée au revers d'un talus, à l'ombre, il semblait me regarder approcher. Il ne montrait nulle hostilité, et je pus voir bientôt le regard doux et triste que l'animal fixait sur moi. Il veillait le corps de son maître.

Source : Roland Bourneuf, *Le traversier*, Québec, L'instant même, 2000, p. 23-26.

PROCHAINE SORTIE À DROITE

L'entrelacs sans fin des autoroutes. La nuit vacillante sous la bruine intermittente. Çà et là des masses surgies du ciel ou d'entre les pilotis de béton.

La prochaine sortie à droite. La bretelle indécise dans le miroitement de la chaussée mouillée. Le roulis erratique du panonceau à chevrons. Le vent ? Le mirage ?

L'impact.

Le panonceau heurté de plein fouet. Le pare-brise fracassé. Le thorax broyé, mêlé aux entrailles du siège.

Lui, crachant sa vie comme un caillot dans le chaos de tôle, de mousses et de vinyle.

S'éloignant d'un trot vainqueur, dans la brume, dans la nuit, un chevalier armé pour la lice.

Son bouclier à chevrons jaunes et noirs.

Source : Gilles Pellerin, *Ï (i tréma)*, Québec, L'instant même, 2004, p. 46.

Bibliographie

Œuvres dont sont extraites les nouvelles du recueil

BEAUMIER, Jean-Paul. *L'air libre*, Québec, L'instant même, 1988.

BEAUMIER, Jean-Paul. *Petites lâchetés*, Québec, L'instant même, 1991.

BERGERON, Bertrand. *Visa pour le réel*, Québec, L'instant même, 1993.

BOURNEUF, Roland. *Le traversier*, Québec, L'instant même, 2000.

BRULOTTE, Gaëtan. *Le surveillant*, Montréal, BQ, 1995.

FRENETTE, Christiane. *Celle qui marchait sur du verre*, Montréal, Boréal, 2002.

PROULX, Monique. *Les aurores montréales*, Montréal, Boréal, 1996.

MARTIN, Claire. *Toute la vie*, Québec, L'instant même, 1999.

MATHIEU, Claude. *La mort exquise*, Québec, L'instant même, 1997 [1965].

MYRE, Suzanne. *Humains aigres-doux*, Montréal, Marchand de feuilles, 2004.

PELLERIN, Gilles. *Les sporadiques aventures de Guillaume Untel*, Asticou, 1982.

PELLERIN, Gilles. *Ni le lieu ni l'heure*, Québec, L'instant même, 1987.

PELLERIN, Gilles. *Ï (i tréma)*, Québec, L'instant même, 2004.

POITRAS, Marie Hélène. *La mort de Mignonne et autres histoires*, Montréal, Triptyque, 2005.

Études sur le genre de la nouvelle

Ouvrages

BRULOTTE, Gaëtan. « En commençant par la fin », dans Agnès Whitfield et Jacques Cotnam (dir.), *La nouvelle : Écriture(s) et lecture(s)*, Toronto/Montréal, GREF/XYZ, coll. « Dont actes », n° 10, 1993.

CHKLOVZKI, Victor. « La construction de la nouvelle et du roman », dans *Théorie de la littérature*, textes des formalistes russes réunis, présentés et traduits par Tzvetan Todorov, Paris, Seuil, 1966, p. 170-196.

ÉVRARD, Franck. *La nouvelle*, Paris, Seuil, coll. « Mémo », 1997, 63 p.

GOYET, Florence. *La nouvelle 1870-1925 : Description d'un genre à son apogée*, Paris, PUF, coll. « Écriture », 1993, 259 p.

GROJNOWSKI, Daniel. *Lire la nouvelle*, Paris, Armand Colin, coll. « Lettres sup. », 2005, 210 p.

GALLAYS, François, et Robert VIGNEAULT (dir.). *La nouvelle au Québec*, Archives des lettres canadiennes, tome IX, Montréal, Fides, 1996, 264 p.

LORD, Michel, et André CARPENTIER (dir.). *La nouvelle québécoise au XXᵉ siècle : De la tradition à l'innovation*, Québec, Nuit blanche, 1997, 161 p.

POE, Edgar Allan. « L'art du conte, Nathaniel Hawthorne », dans *Contes, essais, poèmes*, Paris, Robert Laffont, coll. « Bouquins », 1989, 1 599 p.

Revues

« D'écrire la nouvelle », *Québec français*, nᵒ 108, hiver 1998, p. 61-86.

MOTTET, Philippe, et Sylvie VIGNES (dir.). « La nouvelle québécoise contemporaine », *Littératures*, nᵒ 52, Toulouse, Presses universitaires du Mirail, 2005, p. 5-247.